卡罗琳的希腊神话书

[美]卡罗琳·舍温·贝利 著

侯旭明 译

黑龙江美术出版社

图书在版编目（CIP）数据

卡罗琳的希腊神话书 /（美）卡罗琳・舍温・贝利著；侯旭明译．—哈尔滨：黑龙江美术出版社，2020.2
ISBN 978-7-5593-4738-1

Ⅰ．①卡… Ⅱ．①卡… ②侯… Ⅲ．①神话—作品集—美国—现代 Ⅳ．① I712.73

中国版本图书馆 CIP 数据核字（2019）第 063492 号

卡罗琳的希腊神话书
KALUOLIN DE XILA SHENHUA SHU

作　　者	[美] 卡罗琳・舍温・贝利
译　　者	侯旭明
出 品 人	周　巍
责任编辑	聂元元
出版发行	黑龙江美术出版社
地　　址	哈尔滨市道里区安定街 225 号
邮政编码	150016
网　　址	www.hljmscbs.com
经　　销	全国新华书店
印　　刷	天津画中画印刷有限公司
开　　本	880mm × 1230mm 1/32
印　　张	9
字　　数	170 千
版　　次	2020 年 2 月第 1 版
印　　次	2020 年 2 月第 1 次印刷
书　　号	ISBN 978-7-5593-4738-1
定　　价	45.00 元

译者序

首先，我欠希腊神话一个道歉。不开玩笑，我是真诚的，发自肺腑的。

至少，在翻译这本书之前，希腊神话一直是被我边缘化的一种文学形式。倒不是有什么偏见，而是觉得故事而已，大同小异。我有一个活泼可爱的儿子，小时候我也会给他读一些故事，他大一些的时候，我也会给他推荐一些读物，但希腊神话一直不在我的书单中。用当下一句比较流行的话说，大概就是没有眼缘吧。

为什么会这样呢？是其中复杂的人物关系？拗口的人物名字？还是其中有些狗血的情节（例如各种复仇和暴力）？或许这些都是其中的原因。自己本身就没有多少喜欢，就更不用说推荐给孩子了。

所幸遇到了这本《卡罗琳的希腊神话书》。之所以承接这本书的翻译工作，吸引我的不是希腊神话的题材，而是作者卡罗琳·舍温·贝利女士纽伯瑞奖（Newbery Medal）得主的身份，还有她那深入人心的胡桃木小姐的故事。

因为对希腊神话谈不上讨厌，所以也不排斥。翻译工作按部就班地进行，我对希腊神话的认识一点点加深，原来的固执观点一点点被颠覆。现在我可以坚定地说，希腊神话确实是人类历史文明长河中的一块瑰宝，只有用心去读，才会庆幸自己没有错过。

回到这本书本身，卡罗琳不愧是儿童文学的大师，她精选了希腊神话中有代表性的38篇，删繁就简，深入浅出。既保留了希腊神话的脉络，又删除了一些对于儿童而言晦涩或不适的内容，用浅显直白的文字讲述了其中的道理。我有一种如获至宝的感觉，因为我又为孩子找到了一本好书。

说起希腊神话中的神，有人说他们是神化的人，有人说他们是人化的神。他们也有着喜怒哀乐，会嫉妒，也会恼羞成怒。这种代入感极强的表达形式，让我们读了故事，也看到了自己。

此外，希腊神话还是一种启蒙，不管是文学、音乐、天文学还是哲学。读希腊神话的孩子，或许会因为一篇故事而爱上写作，或许会因为一个神而爱上一种乐器，或者会因为一个星座而迷上天文，或者因为顿悟一个道理而成了一名哲学家。就像是过去的事可能没人记得清一样，未来的事儿谁又能说得定呢？但读了这本希腊神话，起码就多了一种可能性。

《卡罗琳的希腊神话书》是一本启蒙书。它为孩子们打开一扇窗户，起码他们将来不会像我一样，在这里因为差点错过而一边懊悔，一边庆幸。它也为孩子们点亮一盏明灯，让他们不管选择哪条道路，心中都有着小小而坚定的力量。

这是我的道歉书，也是一封邀请函，来吧，和我一起了解希腊神话！

侯旭明

2019 年 6 月 20 日

目录 CONTENTS

目 录

Chapter

1

神话的源起

很久以前，那时候的地球比现在还要年轻 2000 岁，世界之巅有一处名叫奥林匹斯山的奇幻之地。那是众神生活的地方，没有人能攀登上去，古希腊人和古罗马人只能用充满希望和虔诚的目光瞻仰。他们从故事中了解到此山的神圣，并尊重居住于此的众神。

在神话世界中，希腊是一个甚至比其现代文明更为美好的地方。“美”是希腊人的国民理想，在其思想、文字和手工作品中都有体现。不管离家多远，希腊人都会满怀豪情地畅想故乡的蓝色海湾和海岸、世外桃源阿卡狄亚（Arcadia）的肥沃山谷和绵羊牧场、希腊古都特尔斐（Delphi）的神圣小树林，还有他们的运动健儿在雅典参加各项赛事的峥嵘岁月。在奥林匹亚（Olympia）广袤的平原上，堪称世界上最为完美的神庙和雕像星罗棋布。当希腊人回到故里，他们心心念念的景象会出现在眼前：国旗在科林斯（Corinth）港口上空飘扬，底比斯（Thebes）卡德摩斯（Cadmus）王子的古堡高耸入云。

那时的人们懵懂无知，没有任何地理、历史或科学书籍向他们解释生活的奥秘，一切只能凭自己去探索。古罗马人与古希腊人一样，有着对真相相同的渴望，也同样热爱着自己的国家。他们也建造了自己的神庙，把精心雕琢和镶嵌每一块石头当成他们接近众神居所的晋身之阶。

但是，对于古希腊人和古罗马人而言，这些神到底是谁？对众神的信仰到底意味着什么呢？

在 2000 年间，地球发生了某些变化。汽车取代了战车，蒸汽机船取代了帆船；书籍可以告诉我们为什么总是会有冬去春来，以及勇气为什么比懦弱更好。但我们依然有着难挨的严冬以及最困顿的时光，在我们的身边依然有着战争、饥荒和犯罪，也存在着与古希腊和古罗马相同的和平、富足与爱。唯一的区别在于，我们比古人更懂那么一点点生活。古人试图探寻生活真相、解释奇迹，以及通过与奥林匹斯山上那些高高在上的众神的日常交流，让自己的行为更有目标和方向。

传说，奥林匹斯山顶上有一扇云门，由一位被称为“四季之神”（Seasons）的女神司掌。她负责开启和关闭这扇云门，以让山中的居民下入凡间或返回仙界。朱庇特（Jupiter）是众神的统治者。他端坐在奥林匹斯山的王座上，威力无比的双手中紧握着霹雳和闪电。在天上，众神也有着与凡人相同的艺术创作和日常劳动。密涅瓦（Minerva）和她的侍女"美惠三女神"（Graces）一道，为众女神织造衣物。这些衣物无论是色彩还是纹理，都绝非人类手工制作所能及。伏尔甘（Vulcan）使用熠熠发光的黄铜为众神建造了房屋。他还锻造出了金靴，让众神可以自由来去；为战马装上了蹄铁，使战车可以在水面上掠过。赫柏（Hebe）为众神制作甘露和佳肴，并亲自奉上供他们享用。玛尔斯（Mars）司掌战争，而阿波罗（Apollo）则在战争结束时用竖琴奏响代表胜利与和平的乐曲。刻瑞斯（Ceres）悉心照料和保护农田里的庄稼。维纳斯（Venus）穿着四季之神为她量身打造的美丽衣冠，表达着不同的人类民族、无法说话的动物以及其他所有的物种对爱的美好渴望。

他们和其他众神一道，构成了如同人类一样庞大的不朽家族，但显然他们对生命及其意义有着更高层次的理解。他们分别居住在神山上不同的位置，但也会时不时地下入凡间，体验人类的生活。他们有时会出现在铁匠铺前，有时会出现在丰收的田野上。他们有时候会随着森林沙沙作响的树叶轻轻哼唱，有时会在战场上方为勇士呐喊助威。他们会守护羊群，会为比赛中的胜利者加冕，也会将勇士的英灵带到极乐世界。他们喜欢冒险和户外运动。他们会体验人类幸福，并感受人间疾苦。这些神是古人日常生活的忠实伴侣，并且给人类带来了经典和艺术的宝贵财富。

当您在品读罗马盲诗人荷马（Homer）① 以及奥维德（Ovid）② 和维吉尔（Virgil）③ 的诗作，或欣赏圆柱形的希腊神庙或望楼上的阿波罗雕像的摄影作品，或鉴赏圭多·雷尼（Guido Reni）④ 的曙光女神奥罗拉（Aurora）高举火把照亮天空的油画时，您就是踩着这些古老的踏脚石在一步步靠近神圣的奥林匹斯山。迄今为止，神话是人类最伟大的写作、建筑、雕塑和绘画的灵感源泉，并且其意义远超于此。

在古代城市的废墟中，人类发现了一座神庙，它的祭坛上刻有一段奇怪的题字：“未识之神”。这座神庙坐落在玛尔斯山（Mars Hill）上，超脱于战乱所带来的惊恐，给人类带来了新的希望。

---

① 荷马（Homer）：公元前 9 世纪前后的希腊盲诗人。

② 奥维德（Ovid）：古罗马诗人。

③ 维吉尔（Virgil）：古罗马诗人。

④ 圭多·雷尼（Guido Reni）：意大利博洛尼亚派画家，以其神话和宗教题材作品中所表现的古典的理想主义著称。

“神话”一词的意思就是讲述故事。神话虽然是故事，但却是最为美好且最值得去聆听的故事。因此，那些编写并讲述这些故事，并且像神一样生活过的人们，感觉有必要再为自己建造另一座最后的祭坛，也就是这座精神祭坛。

Chapter

2

普罗米修斯捏黏土造人

“世界是如何被创造的？”每个孩子都会在某一瞬间产生这样的疑问。

在神话刚出现的时候，孩子们也有这样的疑问。古希腊的老师是这样告诉他们的：宇宙在创立之初是一个巨大的混沌，直到众神离开了他们的宝座，在自然之神的帮助下，将所有的事情理顺，并赋予世界以秩序。他们首先将陆地与海洋分开，然后从陆地和海洋中分离出了天空。宇宙起初是一团熊熊燃烧的火焰，后来最为炽烈的部分升腾而起，形成了天空。空气悬浮在天空之下。水很重，因此流向最低洼的位置并填满了陆地上的坑谷。

就像我们用一团黏土捏成不同的形状一样，据说诸神当中有一位参与了地球的塑造。他设定了河流和海湾的位置，让山脉从地面上隆起，还设置了大片的森林和肥沃的田野。随后，成群的

普罗米修斯捏黏土造人

鱼儿在水中嬉戏，众多的鸟儿在丛林中自由飞行和筑巢，四足动物也开始随处可见。

但这时的大地还不能真正称得上已经完工，在地球上栖居的泰坦（Titans）种族有两个巨人兄弟——普罗米修斯（Prometheus）和厄庇墨透斯（Epimetheus），他们可以用双手创造出任何神奇的事物。普罗米修斯拿起一点点新鲜的黏土，然后开始把玩。他看到了里面藏着一些来自天上的种子，虽然很小，但足以激发起他的奇思妙想。普罗米修斯在这一小把土和种子中加了一些水，仔细地搓揉，然后巧妙地捏成与神一样的形状。这个黏土捏成的生物站得笔直，不像四足动物那样双眼低垂望向地面，而是高仰着头望向天空。此时，混沌初清，太阳和星辰闪耀。

普罗米修斯就这样创造出了人类。

当普罗米修斯完成这项创举的时候，他的兄弟厄庇墨透斯正投身于另外一项使命。他赋予地球上其他生物以必要的能力，使它们能够照顾自己：一些获得了勇气，一些获得了智慧，一些获得了力量，而另一些则获得了敏捷。每种生物都获得了它们迫切需要的能力。行动迟缓的海龟获得了保护自己的硬壳，凶猛的苍鹰获得了捕获猎物的利爪；鹿长出了修长的四肢，鸽子有了飞翔的翅膀；绵羊长出了可供人类修剪使用的羊毛，并且可以一直重新生长，马、骆驼和大象有了可以背负重物的强大力量。

厄庇墨透斯对他的兄弟所创造的人类深感兴趣，但他认为人类可能会受到当时盘踞在森林里的众多野兽的威胁。于是，他向普罗米修斯提了一些建议。普罗米修斯拿起一支火炬，从森林抄近路赶上了阿波罗的太阳神车。他趁机点燃了火炬，就这样将火种带到了地球。

这可能是他给人类带来的最为有用的礼物。地球上的第一个人类已经开始挖掘洞穴，并在树林中用树枝和树叶建造小屋作为自己的栖身之所。现在，地球上有了火种，他就可以点燃熔炉并且将金属锻造为武器和工具。他可以用自己亲手制作的长矛击退野兽，并用斧子砍伐树木，给自己建造更为牢固的家。他制造了一只犁铧，用厄庇墨透斯的牛在田野中耕种谷物。

对于人类和他们的子嗣而言，地球的确是一个非常理想的居住之地。但一段时间过后，各种意料之外的事情开始不断出现。其中最为奇怪的是，普罗米修斯用黏土和来自天上的种子混合后捏成的人类，似乎成为大部分问题的根源。人类使用斧头将森林砍伐殆尽，只为了获得建造战船和城镇防御工事的木材。他们还锻造了宝剑、头盔和盾牌。海员们扬帆出航，打破了海面惯常的平静。人类已经不满足于地面所能给予他们的资源，转而向地球的深处挖掘，开采出黄金和珍贵的宝石。为此，人类陷入了无休止的争斗，每个人都希望比周围的人更加富有。土地被分成了小块，每个人都想将他人的土地据为己有，这也成为战争的另一个根源。

甚至众神也开始在其中推波助澜。

起初，在锻炉中的熊熊烈火被点燃之前，人类曾经有过一个黄金时代。田地可以提供人类所需的所有食物，鲜花随处盛开而无须播种，河流中流淌着甘醇的牛奶，浓郁的金色蜂蜜能被蜜蜂酿造出来。但众神随后决定让人类进入白银时代。与黄金时代相比，白银时代显得不那么令人愉快。众神之王朱庇特缩短了春天的时间，并将一年分为四季，人类因此必须经历夏日的酷热和冬日的严寒。接着是青铜时代和黑铁时代，人类陷入了无休止的战争与贪欲之中。

最后，朱庇特决定让地球上的人类受到进一步的惩罚。他将吹散云朵的北风囚禁起来，然后释放出让天空阴云密布的南风。狂风卷集着乌云，带来了倾盆大雨。庄稼被扑倒，农夫一年的辛劳换来了颗粒无收。朱庇特甚至还喊来了自己的兄弟海神尼普顿（Neptune），让河流失控并灌满农田。他通过地震让土地撕裂，以至于海水漫过了海岸。在这样一场大洪水之后，地球实际上已经成为一片无边无际的汪洋大海。山丘成了唯一没有被淹没的陆地。人类不得不划船拜访彼此，抛锚停靠的时候，落锚的地点可能曾经是一座花园！笨拙的海豹在曾经羊群嬉戏的草原上玩耍，鱼群甚至游上了树顶。狼群和羊群同时在水中挣扎，金黄色的狮子与老虎瞬间被巨浪惊涛所吞没。

从当时的情景看，地球真有可能在第二次混沌中消失。但最终在洪水带来的废墟上，一座葱郁的山峰出现了，一男一女躲在上面避难。作为巨人普罗米修斯所创造的物种，他们的心中铭记着身体中存在来自天空的种子，于是抬头望向天空，乞求朱庇特的同情。朱庇特命令北风驱散乌云，尼普顿也吹响了让洪水撤退的号角。遵从神的旨意，海水重新回到了原来的位置。

人们从帕纳塞斯（Parnassus）神山上放眼望去，满目皆是令人绝望的苍凉。但人类并没有忘记如何建造、开采、种植、收获和养家糊口。他们知道，一切必须从头再来，这可以通过两种途径实现。

一种是不管这满目的疮痍，先完成对众神的复仇，毕竟是他们给地球带来了破坏。泰坦人普罗米修斯依然活着，并且他还掌握着一个惊天秘密，这个秘密足以将朱庇特赶下王位。虽然他从来没有动用过这个秘密，但万能的朱庇特已经听到了风声，也引起了众神的恐慌。朱庇特下令司掌火和锻冶的神伏尔甘锻造了一条巨大的锁链，并使用锁链将普罗米修斯束缚在一块岩石上。他还让一只秃鹫每天来啄食普罗米修斯的血肉。由于普罗米修斯的血肉会不断重生，因此他必须日复一日地承受这种恐怖折磨。

朱庇特向普罗米修斯保证，只要他肯说出秘密，他所受到的折磨就会马上结束。但这位巨人缄口不语，他不想因为自己的话而让地球上的人类重新回到水深火热之中。他默默承受着痛苦，片刻也得不到安宁。而此时，地球上的人类也开始尝试凭借自己的努力，让地球重新回到黄金时代，恢复富饶和繁荣。这的确是一项艰巨的任务，每当人类想要放弃的时候，就会想到依然被困在岩石上的普罗米修斯。他来自地球的肉体虽然成了秃鹫的食物，但他深藏于每一个凡人体内的神圣种子给了他力量，让他勇敢地抗争他认为是错误的行为，并且承受着因此而带来的痛苦。

或许你认为这是一个老掉牙的离奇故事，但对于如今的人类仍有启发意义。在同一个地球上，我们同样有着肥沃的田野、广袤的森林、富饶的矿藏和成群的牛羊，我们享有这一切，正如诸神将它们交给第一批人类一样，用来发展和平与富足。但是，人类依然是凡体肉身和其他一些特殊事物的组合体——普罗米修斯称之为“来自上天的种子”，而我们则称之为“灵魂”。当我们在自私和贪婪的支配下，对土地、食物和资源进行掠夺式使用时，地球的状况就会与被朱庇特和尼普顿淹没时同样糟糕。但我们总有机会和普罗米修斯一样，除正义外忘却所有，努力帮助地球重回黄金时代。

Chapter

3

儿童的乐土

很久很久以前，久到世界才刚刚形成。地球上有一个名叫厄庇墨透斯的孩子，他没有父母，但他并没有孤苦无依。众神将另外一个同样无父无母的孩子派到他的身边，成了他的玩伴和助手，这个孩子叫潘多拉（Pandora）。

在进入厄庇墨透斯居住的小屋之后，潘多拉一眼就看到了一个非常精美的盒子。她不假思索地问道：“厄庇墨透斯，盒子里面是什么？”

“我亲爱的小潘多拉，”厄庇墨透斯回答道，“这是一个秘密。你要向我保证，不要过问任何与这个盒子有关的问题。我只负责妥善保管它，但并不知道里面到底有什么。”

从神话中厄庇墨透斯和潘多拉开始一起生活到现在，已经过去了数千年。如今的世界与神话中已大不相同。在当时的世界，孩子们无须父母的照顾，因为他们不会遇到任何危险或麻烦，不需要修补衣服，也有充足的食物和水。如果一个孩子饿了，树上就有现成的果子。事实上，那真是一种无忧无虑的生活。他们不需要劳动，也没有棘手的工作，每天只需要快乐地运动和跳舞。从早到晚，孩子们甜美的话语、婉转的歌声和欢愉的笑声一直在空中回荡。

但对于厄庇墨透斯的解释，潘多拉并不开心。

“它从哪里来？”她不停地问自己，“它到底是什么东西？”终于，她向厄庇墨透斯提出了一个提议。

“或许你可以打开盒子，”潘多拉说，“这样我们就能知道里面有什么了。”

“潘多拉，你在想什么？”厄庇墨透斯惊呼道。听到这个提议，他眼中充满了惊恐，要知道他保管这个盒子的前提是永远不能打开它。潘多拉虽然知道最好不要再提此事，但她仍然忍不住想要琢磨和谈论。

“至少，”她说，“你可以告诉我它是怎么来的。”

“有人把它放在了我的门口，”厄庇墨透斯回答道，“就在你来之前，一个看起来非常友善和精干的人来到这里，当他放下这个盒子的时候，几乎忍不住笑出来。他穿着一件非常奇怪的斗篷，帽子上嵌着羽毛，就好像长了翅膀一样。”

“他拿着什么样的魔杖？”潘多拉问道。

“哦，那是我所见过最奇特的魔杖！”厄庇墨透斯喊出声来，“是两条蛇盘绕在一根棍子上，雕刻得如此栩栩如生，以至于我一开始认为它们是活的。”

“我认识他，”潘多拉若有所思地说道，“没有其他人拿着那样的魔杖。他是墨丘利（Mercury），是他把我和盒子一起带到这里的。毫无疑问，这是为我准备的，很可能里面有给我穿的漂亮衣服，或者是给我们两个的玩具，也有可能是好吃的东西。”

“或许吧，”厄庇墨透斯回答道，然后走开了，“但是除非墨丘利回来允许我们这样做，否则我们没有权利打开盖子。”

不久之后的一天，厄庇墨透斯出去采摘无花果和葡萄，但没有和潘多拉打招呼。自从她来到并发现这个盒子之后，每天都在他耳边喋喋不休——当然，除了盒子没有别的事情，他已经烦透了。厄庇墨透斯刚离开，潘多拉就跪在地面上，专注地盯着那个盒子。

盒子使用精致的木材制成，并且被打磨得铮亮，甚至可以倒映出潘多拉的脸。边缘和角落的雕刻令人赞叹。盒子的边缘雕刻着优雅的男人和女人，以及最俊俏的孩子。孩子们在花园和森林中斜倚或玩耍。一个最精致的面庞位于盒子的正中间，以浮雕的形式与周围形成了鲜明的对比。除了木材深邃、圆润的光泽和这张花环映衬的面庞外，盒子中央别无他物。这颇有一些恶作剧的意味。所有一切都是如此的可爱，如果盒子有嘴，那么它可能会这样说：

“有什么可怕的，潘多拉！打开盒子哪有什么危险。别管那个可怜而单纯的厄庇墨透斯。你比他聪明，并且比他勇敢十倍。打开盒子，看看里面是不是真的没有漂亮的宝贝！”

这真是特殊的一天，潘多拉独自一人，她的好奇心不断增长，最终她尝试着伸手去触碰那个盒子，差一点就忍不住要打开它。

然而，潘多拉最终选择先试着搬动它。对于像潘多拉这样的孩子来说，盒子太重了。她首先试着抬起一头，让它离开地面几英寸①，然后再让它砰的一声重重落下。过了一会儿，她似乎听到里面有动静，但也不是太确切。她的好奇心比以往任何时间更强烈。突然，她看到了系在盒子上的一个黄金结。她将绳结用手指捏起来，然后像是受什么驱使一样，马上就忙着试图解开绳结。

那的确是一个错综复杂的结，但无巧不成书的是，潘多拉无意间扭动了一下。绳结好像被施了魔法一般自动解开，盒子也摆脱了束缚。

潘多拉看到了一群丑陋的小家伙。

---

① 英寸：长度单位，1 英寸 =2.54 厘米。

潘多拉打开魔盒

“这是我遇到的最稀奇古怪的事情，”潘多拉自言自语道，“厄庇墨透斯会怎么说？我怎么可能再给它系上？”

然后，这个想法占据了她顽皮的内心。她控制不住想要看看盒子里面到底有什么，甚至一秒钟也等不及。

潘多拉打开盒子的盖子，小屋中顿时暗了下来。一片乌云遮住了太阳，似乎瞬间将它埋葬。在一段低沉咆哮和嘶吼的时间过后，突然迸发出阵阵震耳欲聋的雷鸣声。然而潘多拉并没有注意到这些，她将盖子完全打开，然后向里面望去。突然，一群长着翅膀的生物擦着她的身体掠过。与此同时，她听到了厄庇墨透斯在门外痛苦的呼喊。

“天啊，我被什么东西蜇了！你这个顽劣的潘多拉，为什么要打开这个邪恶的盒子？”潘多拉赶紧捂上盖子，抬头观察厄庇墨透斯到底怎么了。雷雨云使得房间变得幽暗，以至于她无法看清房间里的东西。但她听到了一阵令人不愉快的嗡嗡声，好像有许多巨型的苍蝇或蜜蜂飞来飞去。当她的眼睛终于习惯了黑暗之后，潘多拉看到了一群丑陋的小家伙。它们看起来非常恶毒，长着类似于蝙蝠的翅膀，尾巴上还长着恐怖的长刺。厄庇墨透斯正是被它们其中的一只给蜇伤了。过了没一会儿，潘多拉也开始哭起来。一只可恶的小怪物正好落在她的额头上，要不是厄庇墨透斯及时赶来一把将它打掉，潘多拉无疑也会被蜇得不轻。

现在，想必你们都想知道是什么丑陋的东西从盒子里逃出来了吧。那么，我要告诉你们的是，它们集合了世界上所有的麻烦，其中包括邪恶的欲望、各种各样的忧郁，还有超过150种的悲伤，包括大量奇怪和痛苦的疾病，还有比你想象中更多的粗俗和无礼。简而言之，那些折磨人类灵魂和身体的一切邪恶都被封印在了交给厄庇墨透斯和潘多拉保管的盒子中。这个盒子原本应被妥善保管，以避免世界上所有幸福的孩子受到它们的骚扰。如果他们没有辜负信任的话，事情就会顺利得多。从那时到现在，地球上所有的成年人都不会悲伤，所有的孩子也没有因为任何缘由流下一滴眼泪。

但是，我们不能指望着两个孩子永远将这些丑陋的生物困在自己的房间里。潘多拉打开门窗，好让它们飞走。这些长着翅膀的麻烦给世界各地的人们带来了无休止的纠缠和折磨，让他们在后来很长一段时间里再也无法像以前一样畅快地笑。在这之前，地球上的孩子们似乎永远停留在童年的状态，但现在他们开始长大，然后变老。男孩变成了少年，少年变成了男人；女孩变成了少女，少女变成了女人；男人和女人最终都变成了老人，这是他们之前做梦都想不到的改变。

在那个时候，顽皮的潘多拉和厄庇墨透斯依然待在他们的小屋里。两个人都被蜇得痛苦万分。厄庇墨透斯将后背转向潘多拉，闷闷不乐地瘫坐在角落里。而可怜的小潘多拉也不知所措，她躺倒在地上，头枕着那只该死的盒子，哭得撕心裂肺。突然，盒子里面传来一阵轻轻的敲击声。

“那会是什么呢？”潘多拉抬起头，脸上还挂着泪痕。

厄庇墨透斯已经没有了任何幽默感，也懒得回答她。

敲击声又响了起来，似乎是仙女纤弱的手指关节发出的。

“你是谁？”潘多拉问道，“你到底是谁？为什么在这个可怕的盒子里面？”

里面传来一个甜美、轻柔的声音：“你只有打开盖子，才能看到我。”

“不，不！”潘多拉回答道，“我已经打开了一次盖子。你休想让我放你出来，我还没有蠢到那种地步！”

“啊，”那个甜美、轻柔的声音再次传来，“你最好让我出来。我可不像那些捣蛋鬼一样，我和它们不是一伙的，只要你打开盖子，就能证明这一点。”

事实上，这个声音有着令人愉快的魔力，让人几乎无法拒绝它的请求。盒子里传出来的每个字，都让潘多拉感觉更加轻松。厄庇墨透斯也从角落里走了过来，似乎精神也振奋了许多。

“厄庇墨透斯！”潘多拉呼喊道，“不管怎么样，我决定打开盖子。”

“希望”仙女

“盖子看起来很重，”厄庇墨透斯一边说，一边穿过房间，“让我来帮你！”

这样，经过一致同意，两个孩子打开了盖子，里面飞出一个如阳光般灿烂、笑容可掬的小人儿。她在房间中盘旋，所到之处洒下炫丽的光芒。你有没有曾经用一面小镜子反射阳光，让阳光在阴暗的角落跳舞？是的，当这个长有翅膀的陌生仙女快乐地在阴郁的小屋中翩翩起舞的时候，就是这样的一种感觉。她飞向厄庇墨透斯，在被那些麻烦的家伙刺伤并引起发炎的位置用手指轻轻一拂，厄庇墨透斯的痛苦立即消失了。随后，她吻了吻潘多拉的前额，潘多拉的伤也被瞬间治愈了。

“你是谁，美丽的生灵？”潘多拉问道。

“我叫‘希望’，”这个阳光般的小人儿解释道，“正因为我的开朗，那些神把我也装进盒子里，这样可以制衡那些丑陋的‘麻烦’。不用害怕！即便是有它们捣乱，我们还是会做得很好！”

“你的翅膀有着和彩虹一样的颜色，”潘多拉喊道，“真漂亮！”

“你会留在我们身边吗？”厄庇墨透斯问，“永远？”

“只要你们需要我，”“希望”说道，“只要你们还生活在这个世界上，我就会在你们身边。我保证永远不会抛弃你们。”

这样，潘多拉和厄庇墨透斯找到了希望。从那天开始，人们也开始笃信希望。麻烦们仍然在世界各地飞来飞去，但是我们有了那个可爱而轻盈的仙女“希望”，她能够治愈麻烦造成的痛苦和磨难，为我们创造出新的世界。

Chapter

4

巨人的陨落

巨人们决定闯入奥林匹斯山。他们自认为这易如反掌——没有神能够伤害到他们，神的任何武器也都奈何不了他们。他们坚信，由于他们比英雄们更加庞大和强壮，因此这块处在云端的奇幻之所理应属于他们。如果众神拒绝交出他们的居所、宫殿、巡天的镀金战车、那些凡人未曾品尝过的美味佳肴，以及他们作为武器的雷与电，巨人们就打算摧毁奥林匹斯山。如果那样的话，这将会是一大憾事。毕竟，奥林匹斯山是当时世界上最美丽的地点之一。

众神之中有一个叫阿波罗的神，他的右手掌握着整个宇宙的光芒。这不仅是太阳的光芒，更是希腊人心中闪耀的光芒。当他们拥有智慧、了解真理和掌握审美时，这会让他们的生活更加光明。毫无疑问，正因为阿波罗的丰功伟绩，光芒被当作礼物赐予人类，让人类接受来自奥林匹斯山的恩泽。

在希腊帕纳塞斯山葱郁的山坡上，有一个很深的洞穴。有一个牧羊人经过洞口时，吸入了一股奇特的香气，然后他就能用先知的知识说话办事。阿波罗决定把这个洞穴守护起来，希腊古都特尔斐便是围绕着这个洞穴建立起来的。阿波罗还派出一名女祭司守卫洞口。她头戴被视作神谕的月桂树枝编成的桂冠，迎接那些希望呼吸这些神奇气体的凡人们。然而，一只代表黑暗的恶魔皮同（Python）横在了特尔斐的神谕之前，不允许任何人接近它。

阿波罗使用光柱驱走了皮同。这样，那些希望有更好的视力、更敏锐的听力和更真诚语言表达力的人又可以接近神谕了。

阿波罗这样做，不单单是为人类的利益考虑，这也是他对诸位缪斯女神（Muses）的保护。缪斯女神是朱庇特和谟涅摩绪涅（Memory）的九个女儿，她们可以做任何能带来幸福的事情。她们擅长歌唱、演奏弦乐、撰写故事和诗歌、绘画。据说，那棵月桂树属于阿波罗，他用月桂树枝制作的花环，为那些有着丰功伟绩或照亮黑暗道路的英雄加冕。

然而，这些巨人们丝毫不认为阿波罗的光芒有任何价值，他们一心只想从众神手中掠夺财富、花蜜和美味佳肴。他们决定先从杀死阿波罗和众位缪斯女神开始。

巨人们选择在塞萨利（Thessaly）集结，那里有着全希腊最荒凉的森林和最崎岖的海岸。当巨人们从四面八方赶来，并组建起战队时，无疑是一个恐怖的场景。巨人中有一个头目叫提提俄斯（Tityus），当他在平原上躺下来打盹的时候，身体会占据整整九英亩[①]的土地。其他一些巨人中，有的长着100只手臂，有的四肢是巨大的蟒蛇并且可以喷火。最糟糕的是，巨人种族的心脏既不同于神，也不同于人类，他们的心脏由坚硬的石头制成，既不会跳动，也不会感觉到温暖。正因如此，他们准备从最陡峭的一面攻上奥林匹斯山。

巨人提提俄斯在平原上躺下来打盹的时候，身体会占据整整九英亩的土地

① 英亩是英美制面积单位，一般在英国、美国等地区使用，1英亩约等于4047平方米。

没有一个希腊人敢站出来阻止这场由巨人挑起的战争。巨人们将奥萨山（Ossa）举起来，扣在珀利翁山（Pelion）上，当作从地面攀上云端的阶梯。他们拽出巨大的橡树和柏树作为棍棒，并举起像小山一样大的岩石作为武器。然后，他们爬上奥林匹斯山，开始冲击众神的居所。

胜利的天平似乎倒向了巨人一方，甚至连众神都乱了阵脚，纷纷想办法伪装。强大的朱庇特将自己变成了一只公羊，阿波罗变成了乌鸦，戴安娜（Diana）变成了猫，维纳斯变成了鱼，而墨丘利变成了飞鸟。只有战神玛尔斯走下战车，主动应战。随后，其他神也回来了，虽然他们真的没有足够的勇气。

与巨人的战斗依然是凶多吉少，因为没有武器能杀死他们。玛尔斯掷出的长矛，在碰到巨人们坚如磐石的心脏之后，被无情地反弹了回来。没有人知道将会发生什么。一些巨人返回地面，搬来小山丘继续摧毁众神的家园。随后，阿波罗脑海中灵光一现，他想起来，在这场生死决斗中，有一些神秘的力量可以利用，它们与巨人们所使用的树木、岩石和山丘一样强大。因此，阿波罗赶紧派穿着飞靴的信使墨丘利向住在太阳宫的赫利俄斯（Helios）发出一个秘密消息——命令他紧锁大门。众所周知，这些巨人是非常笨重的庞然大物，如果没有光明，他们根本就没有办法进行战斗。地球上每年的冬天都非常寒冷，而且白天也变得更短，他们甚至曾经试图从凡人那里偷走有着更多阳光的夏天，并获得了一些成功。但是，来参加战斗的巨人们没有带一点阳光，因此赫利俄斯将大门关闭后，奥林匹斯山突然陷入了一片漆黑之中。

巨人们跌跌撞撞，纷纷被自己的武器绊倒。趁着巨人们阵脚大乱，朱庇特向他们中间投下了密密麻麻的雷电，巨人们就连滚带爬地逃回了地面。巨人们本以为阿波罗只是负责守护知识、特尔斐的神谕以及弱不禁风的缪斯女神，所以根本没把他放在眼里。他却使用自己的神秘武器——光明——让巨人们溃不成军。这让巨人们深感意外。

战役的失败并没有伤害到巨人们的元气，他们只是被驱逐出众神的居所而已。战斗结束之后，巨人们迅速召集起来，商议如何卷土重来。但他们很快发现了一个大麻烦——没有可以吃的食物！原来，在巨人们离开的时候，刻瑞斯将他们赖以维持生命和保持力量的香草砍了个精光，甚至连根都不剩。另外，为了确保将他们赶尽杀绝，朱庇特在每个巨人的头顶上压了一座火山。这样，每个巨人都被大山压得动弹不得，只能偶尔通过火山口愤怒地喘一口粗气。

巨人族就此谢幕了。但他们依然抗争了一段时间，也造成了一些伤害。尤其是巨人恩克拉多斯（Enceladus），朱庇特用了整座埃特纳（Aetna）火山才将他彻底压住。慢慢地，那些火山也平静下来，地球上也有了更多的和平。

然而，凡人们却效仿起巨人的行动，无时无刻不尝试用自己的力量进行掠夺。他们摧毁了美好的建筑、烧毁了自己的家园并且中断了教学、音乐、绘画和写作，因为他们看不到其中所闪耀的智慧光芒。但他们的最终命运注定与试图摧毁奥林匹斯山的巨人一样，发现他们已经将一座火山压在了自己的肩膀上。

Chapter

5

铁匠伏尔甘

在奥林匹斯山上，没有人喜欢司掌火和锻冶的神——伏尔甘，因为他是一个瘸子。他的母亲朱诺（Juno）和父亲朱庇特也为他感到羞耻。自己的儿子相貌丑陋，而且与肢体健全的神相比，他总是一瘸一拐地行走，这让做父母的他们感到很大的耻辱！

但伏尔甘有一颗非常乐于助人的心。有一次，众神聚在一起讨论一些天上与人间的重要问题。伏尔甘主动请缨做斟酒人，为伙伴服务。他蹒跚着在座位之间挪动，样子很是滑稽，一些神甚至嘲笑起他来。

最后，众神还是把伏尔甘驱逐出天界。从奥林匹斯山到地球路途遥远，伏尔甘一路跌跌撞撞，走了整整一天。终于，在太阳快落山的时候，他瘫倒在一座火山旁边。他身上摔得伤痕累累，行动比以往更加困难。他所处的地方就是爱琴海中的利姆诺斯岛

(Lemnos)。

那是一片令人感到绝望的不毛之地，海岸被厚厚的火山灰覆盖，岛上的火山还时不时会喷出燃烧的金属。新提亚人(Sintians)是利姆诺斯岛上唯一的居民。他们守着一片贫瘠的土地，而且几乎没有船只敢停靠在愤怒的火山之下，生怕遭到飞来横祸，因此他们的生活资源极为匮乏。然而，新提亚人非常友善质朴，他们同情伏尔甘。他们围拢在伏尔甘身边，用草药为他处理伤口。他们甚至拿来了本来就不多的水果，还匆忙地为伏尔甘搭了一座帐篷。但当他们再次回到摩西克罗斯(Mosychlos)山脚下伏尔甘的栖身之处时，发现他已经离开了。

“我们一定是在梦中见到的这位神的使者，”他们最终得出结论，“可能我们看到的只是从苍穹坠落的一颗流星。”

四季交替，住在利姆诺斯岛的人们终于发现原本暴躁的摩西克罗斯火山现在只是冒烟，而不再有喷涌而出的炽热岩浆威胁他们的生命。其他的火山也是如此，它们看起来更像是现在工厂里冒着黑色煤烟的大烟囱，而不是以前令他们心惊胆战的死亡之塔。在海浪的拍打声和海风的嘶鸣声中，人们听到了一种新的声音，那似乎是一位铁匠在敲打着金属，从早到晚，不知疲倦。

利姆诺斯岛上一些居民壮着胆子走近了摩西克罗斯山，惊奇地发现岩石像一扇门一样打开。他们循着锤击的声音往深处走，在火山的深处看到了在地球上从未见过的奇景。在这座熊熊燃烧的大山最深处，有一个幽暗的铁匠铺。伏尔甘使用火山之火作为冶炼之火，将金属锻造成各种令人眼花缭乱的美好事物。铁匠铺里到处都是用来锻造的材料，例如纯净的白钢、闪耀的纯铜、晃眼的白银、铮亮的黄铜和黄金。

火山深处的铁匠铺

伏尔甘周围有一群怪异的学徒，他们是独眼巨人库克罗普斯（Cyclopes）人。库克罗普斯人曾经是牧羊人，但因为没有及时向阿波罗献礼，因此被剥夺了原本的职业。他们每个人只有一只眼睛，长在额头的正中间。他们丝毫不敢懈怠，在伏尔甘的铁匠铺里为朱庇特锻造雷电，为尼普顿打造三叉戟，为阿波罗制作箭袋。伏尔甘身旁站着两名用黄金打造的奇特女仆，它们像是有生命的生物一般，在伏尔甘工作的时候，到处走动，为这个跛脚的铁匠做事情。

纵然被众神轻视，伏尔甘还是控制住了火山的火势，并掌握地球上所有金属的锻造之道。因此，他可以为众神和英雄们献上礼物。

这些绝妙的物件被堆放在伏尔甘作坊的门口，然后被运往奥林匹斯山。他锻造出了金色的鞋子，神可以穿着它在陆地或海洋上疾行，甚至想去哪里，抬腿眨眼间就到了。他还制作了黄金打造的桌椅，它们可以自由地进出众神的厅堂，而无须他们搬动。众神将他们的骏马带到伏尔甘那里，伏尔甘给它们钉上黄铜做的蹄铁，这些骏马就可以拉着战车在空中或水面上风速疾驰。他甚至还为众神的住所打造了黄铜柱子。就这样，伏尔甘成了奥林匹斯山上的建筑师、铁匠、兵器制造者、战车建造者和艺术家。

他的成就远不止如此。由于他驾驭了火，不仅能将地球上的金属打造为作战的利器，还锻造出了农业生产所需的工具。人们种植葡萄获得了大丰收，羊群也被放养在葱绿的草地上。利姆诺斯岛成了一个安静且富饶的场所，希腊其他岛屿的船舶纷纷驶来，作为一个国家力量象征的商业由此拉开了帷幕。

在那段时间，特洛伊人（Trojans）和希腊人爆发了一场重大的战争。年轻而英勇的希腊英雄阿喀琉斯（Achilles）成了很多人心中的希望。当特洛伊人的首领赫克托尔（Hector）闯入了希腊人的营地并烧毁了他们的战船时，希腊的一位上尉请求阿喀琉斯将盔甲借给他，由他领导士兵对抗特洛伊军队。

“我穿上你的盔甲，他们就会认为我是勇敢的阿喀琉斯，”他说道，“这样他们就会暂停战斗。希腊英勇善战的子民们已经疲惫不堪，他们需要得到喘息的机会。”

于是，阿喀琉斯将他光芒四射的盔甲和战车借给了这位名叫普特洛克勒斯（Patroclus）的上尉，并且下令队伍跟着他进入战场。最初的冲击的确奏效，但命运似乎没有站在他们这边。普特洛克勒斯的驾车人被杀害，他不得不单枪匹马地面对赫克托尔。就在这时，一支长矛刺穿了他的后背，普特洛克勒斯跌下马来，奄奄一息。这对希腊而言是一个沉痛的打击和悲剧。普特洛克勒斯是阿喀琉斯的挚友，而且赫克托尔还从普特洛克勒斯身上取走了阿喀琉斯的盔甲。希腊战败的消息甚至惊动了奥林匹斯山，朱庇特用一片乌云遮住了整个天空。

就在此时，阿喀琉斯的母亲西蒂斯（Thetis）急忙赶到伏尔甘的铁匠铺，当她找到这个来自天上的跛脚工匠时，他正挥汗如雨，热火朝天地拉动着风箱。西蒂斯告诉伏尔甘，阿喀琉斯遭遇困境，也没有了征战沙场的盔甲。听到她的请求，伏尔甘立即放下手中的工作，为阿喀琉斯打造了一套精美的盔甲，包括一面嵌有战争徽章的盾牌、一顶镶着黄金顶饰的头盔、一件紧身胸衣和一套金属护胫甲。全套盔甲经过千锤百炼，再锋利的投掷武器也无法刺穿它。伏尔甘用了一整夜的时间才完成全部工作，西蒂斯则赶在天亮时将这件亘古未有的盔甲带到了儿子的面前。

拉风箱的铁匠伏尔甘

阿喀琉斯身披伏尔甘亲手打造的盔甲，重新回到了战场。那些原本勇猛的特洛伊武士们，要么在他的面前落荒而逃，要么被他的长矛挑落马下。阿喀琉斯的盔甲发出闪电，他自己也变得如同战神玛尔斯一样令人望而生畏，甚至一直将敌军追到特洛伊的城门。他的胜利可谓是酣畅淋漓，但他在奥林匹斯山的众神中却有了一个敌人。虽然人类所射出的任何箭都无法伤害到阿喀琉斯，但阿波罗却能给他致命一击。阿波罗和玛尔斯当时是宿敌，前者代表美好的光明，后者代表残酷的战争，泾渭分明。

在战场上，阿喀琉斯被阿波罗掷出的长矛击倒，然后被一条通往天界的光明大道带往奥林匹斯山。在经过太阳宫的时候，他停下脚步。宫殿的后方使用庄严的柱子支撑，柱子上镶嵌的黄金和宝石熠熠发光。天花板由象牙制成，所有的门都是银制的，制作精美。墙上满是壁画，线条和色彩技巧远非地球上任何艺术家所能及。图画中描绘了整个世界，包括海洋、天空及其居民。居于山林水泽的仙女或在海中嬉戏，或在鱼背上骑行，或坐在岩石之上，让风吹干秀美的长发。地球上一派和谐美好的景象，森林、河流和山谷都充满生机。春之神头戴鲜花编成的桂冠，夏之神则佩戴由成熟的金色谷穗制作的花环，秋之神手臂上挂满了葡萄，冬之神则身披闪耀的冰雪斗篷。看到这些美好，这位英雄忘却了伤口的疼痛。

阿喀琉斯将盔甲留在了地球上，对接替他继续对抗特洛伊围攻的英雄们而言，不失为一种传承。而阿波罗同样向阿喀琉斯展示了伏尔甘最为伟大的作品——太阳宫，这正是跛脚的神之铁匠伏尔甘建造的。

Chapter

6

俄里翁重见光明

海神尼普顿身材魁梧，但已经有些年迈。他的儿子俄里翁（Orion）对森林的热爱，与他对海洋的热爱相比有过之而无不及。当俄里翁年龄大到可以自己坐在海马的背上回到岸边的时候，他有时会离开海底深处的家到处玩耍，一走就是好几天。每当尼普顿吹响他的海螺壳，召唤俄里翁回家时，俄里翁都会意犹未尽地赶回来，然后兴致勃勃地讲述他在森林里遇到的大熊，或者是带回从一棵老橡树中找到的装满野花蜂蜜的蜂巢。

尼普顿希望俄里翁能够快乐，因此赋予了他强大的在深海中遨游的能力。只要俄里翁想，就没有他到不了的地方。在他之前，从来没有人可以这样在深不可测的海洋中随心所欲地穿行，但俄里翁那黑黝黝的脑袋每天都会浮出水面，他的双脚可以在水中划动，而不会沉到海底。他已经不需要借助父亲的战车、海豚或者海马，自己就可以上岸了。

从此，俄里翁大部分时间都在陆地上度过。在长大成人之后，他也成了一个强大的猎人。他的箭似乎是被戴安娜施了魔法一般，是如此的迅敏和精确。每天俄里翁口袋里都是满满的战利品——包括鹿在内的一些猎物。

有一天，当他扛着一头刚刚被猎杀的强壮的熊穿过森林时，面前突然出现一片空地。空地的中间矗立着一座洁白无瑕的城堡。城堡的塔楼比周围的松树还要高，直插云霄，城堡的四周由一堵高墙围护。俄里翁走上前，询问守门人为什么要如此戒备森严。守门人告诉俄里翁，城堡里居住着这个国家的国王，他日日夜夜、无时无刻不担心野兽的袭击。

“如果有人能将这些贪婪的野兽赶出森林，国王愿意将一半的王国交给他。”守门人告诉俄里翁。

俄里翁一边听，一边抬头打量着城堡里一座塔楼上的窗户。他看到国王的女儿美罗珀（Merope）也在看着他。她有着明亮的面庞、湛蓝的眼睛和微笑的嘴角，长发披肩，就如同披着一个斗篷一般。俄里翁以为美罗珀是在冲自己微笑，因此满心欢悦。然而，他并不知道，美罗珀的目光实际上是越过这个对她而言是陌生人的大海之子，望向遥远的科林斯（Corinth）海岸，那是英雄们冒险征程开始的地方。

“国王有没有考虑将女儿许配给解决森林野兽的猎人？”俄里翁问道。

守门人打量着俄里翁蓬松的头发、赤裸的双脚和狮子皮制成的斗篷，在回答时他将头转向一旁，不想让俄里翁看到他在发笑。

“或许你可以去问问国王。”他说道。

俄里翁回到了森林深处。那些将人类视作猎物的猛兽发出嘶吼，让寂静的夜晚更加阴森恐怖。很快，俄里翁猎杀了狮子，并且与熊单打独斗；他用强壮的双手掐死了巨蛇，还用长矛刺死了狼和老虎。在处理了森林里所有威胁人类的猛兽之后，俄里翁再次来到林中空地的城堡。他甚至赶不及洗净手上和衣服上的血迹，便迫不及待地出现在国王面前。

“国王陛下，森林里已经没有伤人的猛兽了。”俄里翁说道，“现在您可以拆除围墙，随心所欲地在森林里行走。作为对我这一壮举的奖励，我希望您将女儿美罗珀许配给我。我将带她回到尼普顿王国，回到我那用珊瑚和贝壳打造的宫殿。但如果您拒绝，我将用我的方法将她带走。”

国王一开始瞠目结舌，当他终于弄明白海神之子想要的回报时，似乎已经找不到语言来表达他的轻蔑。他恼怒地举起手中的权杖，刺向俄里翁的眼睛。

“滚出我的宫殿，你这个狂妄的家伙。”他命令道。

俄里翁从国王宝座前站起身来，双手痛苦地捂着眼睛。整个房间似乎突然间陷入了伸手不见五指的黑夜。他试图夺门而出，但却跌跌撞撞找不到门在哪里。在多次尝试无果之后，宫殿里的侍从们将他带了出来，推出宫殿大门。这个曾经无所不能并且拥有海洋赐予的无穷力量的猎人，现在只能像一个瞎眼的乞丐一样在路上蹒跚前行。看到这一幕，侍从们纷纷嘲笑起他来。

俄里翁现在什么也看不见——国王无法忍受俄里翁求娶美罗珀时的傲慢，于是戳瞎了他的眼睛。

俄里翁白天看不见太阳，晚上看不见月亮，只能漫无目的地在地球上瞎转，并询问他所遇到的每一个人如何重见光明。

一天，他走到森林中的一个地方，听到一阵悠扬的笛声，还有苔藓上轻盈的舞步声。俄里翁伸出双臂，摸索着靠近这些树神。树神是森林中的一群快乐生物，整天和潘（Pan）厮混在一起，随着他的笛声翩翩起舞。

“请问，你们能帮我找到驾驶太阳战车的阿波罗吗？”俄里翁问道。

看到这个失明的旅行者，树神们四散开来，并回答道：“抱歉，我们很少看到阿波罗，因为他不喜欢潘用笛子吹奏的音乐。”

俄里翁只好继续跌跌撞撞地往前走。在他漫无目的的行进中，他听到了一阵冲突和喧嚣声。原来，两支军队正在城郊展开一场殊死搏斗。他撞翻了战车，听到了盾牌与盾牌撞击的声音，以及因伤势过重而即将死去的英雄们的呻吟声。

“这些战士们一定知道通往光明的道路。”俄里翁心想。他站在一根笔直挺立的柱子旁，以避免被卷入战斗，并冲着其中一个战士喊道：“请问，你最近有见到驾驶着太阳战车的阿波罗从这条路经过吗？”

“没有，”男子回答道，“阿波罗从来不到战场上来。因此我们无法告诉你光明之神到底在哪里。”

俄里翁继续在黑暗中摸索，并终于来到了利姆诺斯岛。当他深一脚浅一脚地跋涉在一条崎岖不平的道路上时，听到了锤子敲击金属的清脆声音。

“周围一定有一个铁匠铺，”俄里翁心想，“一个暗无天日的地方，就像失明之后我的世界一样。我听说过独眼人库克罗普斯的故事，他们一辈子都会待在大山的深处，使用熔炉锻造雷、电。他们的主人是身体残疾并且被众神嫌弃的伏尔甘。如果我顺着铁锤声的指引走下去，可能没多大意义。”

然而，俄里翁最终决定给自己一个机会。在锤子敲击声的指引下，他脚步轻快地往前走。没过多长时间，他感到锻造之火的热量扑面而来。俄里翁意识到自己已经到了伏尔甘铁匠铺的门口。他又一次问道：

“您能告诉我怎么找到阿波罗吗？就是那个驾驶着太阳战车的阿波罗。”

听到伏尔甘的回答，俄里翁一下子呆住了。

“阿波罗就在我这儿。我们正打算往他的宫殿运送一批用黄金锻造的物件。他会带你到阳光之下，可怜的俄里翁。”

对于俄里翁来说，这真是一次惊心动魄的旅程。他在地球上独自跋涉了如此远的距离，终于踏上了通往太阳的坦途。阿波罗亲自驾驶战车。当他们来到守卫太阳宫殿入口的庄严金柱面前时，阿波罗让俄里翁直视太阳的耀眼光芒。俄里翁朝太阳望去，失明瞬间被治愈。他睁开眼睛，终于又重见光明。

传说，俄里翁从那之后再也没有离开过天界。众神将他改造成为一个巨人，他的腰上系着一条宽大的狩猎腰带，背着一把宝剑，身穿一张狮子皮制成的披肩，手持一根全部由星星制作的权杖。还有传言说，俄里翁那只忠诚的狩猎犬西里亚斯（Sirius）也一直留在了天空中，从未离开主人半步。

Chapter 7

维纳斯降落凡间

在那个由众神主宰的古老时代，曾发生过许多稀奇古怪的事情。其中，最精彩的一次发生在塞浦路斯（Cyprus）岛附近的一个春日清晨。

春天总是会给人们带来各种各样的惊喜。光秃秃的枝丫上长出新的叶子和花朵，野鸟开始筑巢并放歌，阳光也比长达几个月的寒冬时更加明亮。但这个希腊的奇迹是无法解释的，似乎直到今天也没有人能理解并说出个所以然来。

湛蓝的海面平静如镜，没有一丝风。突然，在海边撒网的渔民们看到空中出现一片明亮的玫瑰色云朵。这片云朵颤动着，然后开始向下降落，并最终轻轻浮在海面上。它是如此轻盈缥缈，似乎一口气就能将它吹走。但随后这朵云再次升起并落下，像是一团薄雾一般，又像是呼吸。

面对此情此景，人们瞠目结舌。突然，云彩开始变形，它真的有了呼吸，并现身出地球上和奥林匹斯山上最美丽的女人。她的头发如阳光一样明亮，面庞温润，脸上的红晕就如同她所乘坐的玫瑰色云朵一般。她飘逸的衣服就如同日出时微微染色的天空一样柔软与可爱，她还朝向岸边伸出洁白修长的手臂。

在陪同这个曼妙女子下入凡间之前，包括西风神泽费罗斯（Zephyrs）在内的四位风神从未去过任何地方。在风神的帮助下，这个美丽的女子飘向塞浦路斯岛。四位季节神也从奥林匹斯山上下来迎接她。塞浦路斯的居民目睹了这一奇景，脸上写满了惊叹。

“这个来自天国的女神会留在我们身边吗？”他们问彼此。

就在他们好奇的时候，第二件奇怪的事情发生了。

奥林匹斯山的铁匠伏尔甘在塞浦路斯有一家铁匠铺。从清晨到日落，每天都可以听到他那清脆的铁砧声，那是伏尔甘在为朱庇特锻造和装配黄金王座的部件。他用自己灵巧的双手为众神和英雄们制作武器和盔甲，并为朱庇特锻造雷、电。他是一个孤僻的铁匠，脚跛得厉害。因此，除了运送已经完工的物件外，他很少回奥林匹斯山。

然而，在很久很久之前的那个清晨，事情就这样发生了。带着令人惊艳的优雅，这位诞生于大海泡沫中的美丽女神径直走进了伏尔甘的住所。她是爱的女神维纳斯，有时人们也称她为阿佛洛狄特（Aphrodite）。她成了伏尔甘的妻子。虽然伏尔甘跛脚，但毕竟还是火神。

维纳斯降临地球之后，给地球带来了巨大的变化。全世界都在寻觅她的踪迹，并热切期盼着她的到来——虽然人类并不知道为什么心中会萌生这样的愿望。来到地球之后，爱的女神要做的第一件事，便是解决恣意妄为的亚特兰大（Atalanta），因为亚特兰大给希腊的英雄们带来了如此多的伤痛。

亚特兰大是一位公主，与女孩相比多了一些男孩子气，但又比男孩子多些女孩子气。很多英雄都想牵着她的手进入婚姻殿堂，但她却有一颗狂野心。因为不喜欢被束缚，她拒绝学习纺纱和家务。对任何希望追求她的人，她都给予同样的回答："只有能跑赢我才能赢得我，跑不赢我的人只有死路一条。"

这是一条残酷的规则。你都想象不到亚特兰大跑得有多快，从来没有任何一个男孩能在赛跑中赢她。她跑起来像是被风插上了一双翅膀，金色长发在空中飞扬，艳丽的裙摆在她的身后舞动。参加赛跑的追求者都会被甩出很远，最后被宣告失败并处死。不过，在亚特兰大奔跑的时候，她的心脏会骤然变冷，因此她原本如红宝石一般的肤色会黯淡，并变得如大理石一样洁白。

希波墨涅斯（Hippomenes）决定冒险和亚特兰大比一场。他

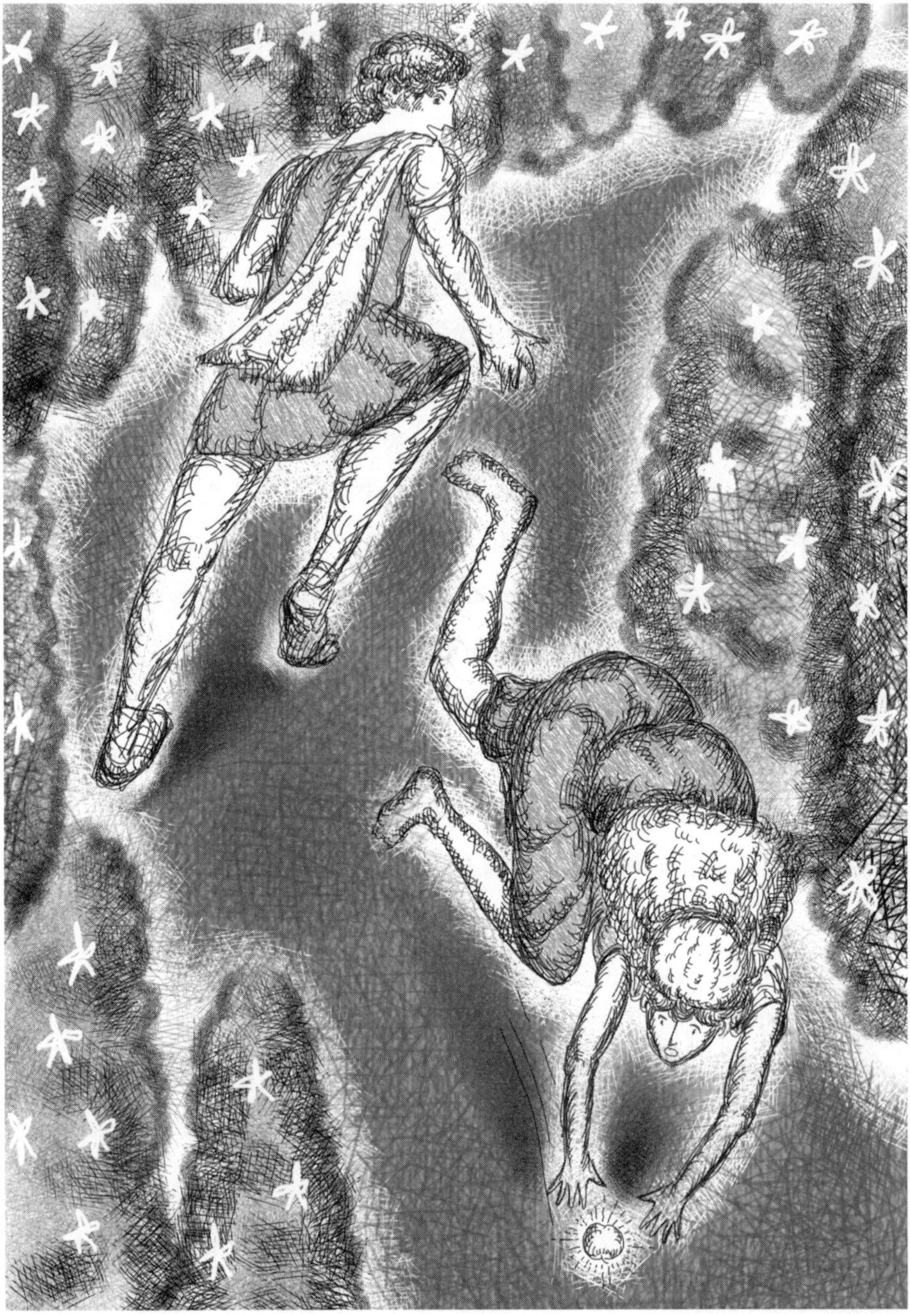

希波墨涅斯和亚特兰大赛跑

是一个勇敢且热血满腔的年轻人。作为一名法官，虽然他不得不宣判那些被亚特兰大击败的朋友的死刑，但他觉得应该去搏一把。为此，他请求维纳斯在比赛中助他一臂之力。

维纳斯在塞浦路斯有一个自己的小岛，在岛上的花园中有一棵长着金黄枝叶并结着黄金果实的苹果树。她从树上摘了三个金苹果，将它们给了希波墨涅斯，并告诉他怎样使用它们。

维纳斯的金苹果树

发令的信号一响，亚特兰大就如离弦之箭一般，沿着维纳斯神庙附近的沙滩狂奔。希波墨涅斯也不甘示弱，从她的身边超了过去。原来，希波墨涅斯也是一个跑步高手，他的步伐轻盈，就好像能在水上掠过或者在麦浪上踏过而不留一丝痕迹一样。一开始希波墨涅斯稍稍领先，但随后他感觉到身后亚特兰大心跳声的迫近。趁着亚特兰大还没有追赶上来，希波墨涅斯扔下了第一个金苹果。

亚特兰大非常诧异，她停下来，弯腰捡起苹果。虽然只花了一秒钟，希波墨涅斯却趁机拉开了差距。亚特兰大又以两倍的速度冲了出去，瞬间超过了他。希波墨涅斯再次扔下一个金苹果。亚特兰大实在不忍心放弃它，就又停下将苹果捡了起来，然后接着往前跑。就当希波墨涅斯即将抵达终点的时候，亚特兰大赶上并超过了他。只需再跑一分钟，亚特兰大就将赢得比赛。希波墨涅斯扔下了第三个金苹果。它闪闪发光，令亚特兰大难以抗拒。就在她犹豫不决时，希波墨涅斯赢得了比赛。

两人都非常高兴。希波墨涅斯赢得了比赛，而亚特兰大得到了珍贵的金苹果。亚特兰大瞬间有了盖一座房子保存这些苹果的念头，希波墨涅斯立马给她造了一座房子。从此，亚特兰大爱上纺纱、织布，也喜欢把家收拾得漂亮和舒服，并为此感到骄傲。维纳斯确信这一幕一定会发生，因为她知道她用那些金苹果让亚特兰大感受到爱所带来的回报，也让她忘记了那些残忍的比赛。

爱的女神在地球上还有许多其他的事情要做。她特别喜欢自己在塞浦路斯的花园，因此会花大量的时间悉心打理新的灌木丛，让它们活下来并且开花。这里的风景已经发生了翻天覆地的变化。之前，这里的土地贫瘠、干裂，覆盖着长着如同长矛一般尖刺的荆棘。如果有谁敢伸手去触摸，便会被刺得鲜血直流。但维纳斯毫不畏惧，她给这些荆棘修改了茎秆，让它们长出如同葡萄藤一样的新枝丫，并爬上她神庙的墙壁。人们发现，每当这些新的枝丫从长刺下长出时，那些长刺便会立即枯萎脱落，而在那些原本长有长刺的位置会长出新的花蕾。当塞浦路斯的夏日到来时，这些花蕾会怒放成地球上最美丽的花朵。花香充盈着整座小岛，花朵的颜色恰似阿佛洛狄特降落凡间时祥云的颜色。

这些花朵正是维纳斯之花——玫瑰，并且注定是地球上最受喜爱的花卉。

维纳斯一边目睹着地球上的一切美好，一边为希腊国王皮格马利翁（Pygmalion）的铁石心肠而扼腕叹息。皮格马利翁是一位国王，还是一名雕刻家。他尤善于使用黏土和大理石雕刻，甚至可以惟妙惟肖地雕刻出奥林匹斯山上的众神。但他过于崇尚男权，认为任何女人都没有资格享受王国的资源。

一年春天，皮格马利翁决定用乳白色大理石创作一尊他心中完美女性的雕像。雕像是如此精致高雅，以至于除了维纳斯之外，没有任何事物可以和它媲美。皮格马利翁对他的作品非常满意。他欣赏着自己的作品，对维纳斯也不由得产生了好感。他爱抚着这尊雕像，甚至幻想着她不是冷冰冰的大理石，而是一个鲜活的生命。皮格马利翁将这尊雕像命名为嘉拉迪雅（Galatea）。

皮格马利翁向嘉拉迪雅奉上希腊年轻女孩所喜欢的礼物，比如闪亮的贝壳和抛光的宝石，装在金色笼子中的鸟，五颜六色的花朵、珠子和琥珀。他为雕像穿上丝绸衣服，戴上宝石戒指和项链，还有耳环和一串串珍珠。他做完这些之后，得到了维纳斯的奖励。一天，当皮格马利翁回到家之后，他抚摸着雕像，突然感觉雕像变得柔软并在他的手指触碰下富有弹性，就如同是蜡做成的。随后，它苍白的颜色出现了生命的肤色。嘉拉迪雅睁开眼睛，对皮格马利翁微笑。

在那之后，整个塞浦路斯都为这个曾经自私又顽固的国王而改变。他听到了王宫喷泉流淌着如银铃般的歌声，而这是他从来未曾注意到的。他开始热爱森林、鲜花和他的子民，因为维纳斯将嘉拉迪雅带到了他的身边，让他有了足够的爱去分享他的王国。

维纳斯开始和伏尔甘一样，将精力放回天界，因为奥林匹斯山才是他们真正的家园。维纳斯将玫瑰带回奥林匹斯山，供她的侍女们，也就是负责主持众神宴会、舞会和艺术活动的美惠三女神装扮。但她依然密切关注着凡间，因为她知道人类总是需要她的帮助。

Chapter

8

迷宫通往哪里

代达罗斯（Daedalous）站在迷宫入口的阴影中，看着英雄们走入黑暗的通道。这是一个古怪而又神秘的庞大建筑，由众神之中的艺术家代达罗斯利用高超的技艺设计而成。迷宫由盘根错节的通道和转弯构成，它们交错在一起，似乎永远理不清头绪。传说，希腊有一条名叫迈安德河（Maeander）的河流，河道蜿蜒曲折、来来回回，让人永远找不到源头，迷宫就是代达罗斯以迈安德河为灵感设计出来的。

众神赋予代达罗斯惊人的天赋，他的双手几乎无所不能。但他不喜欢循规蹈矩，而是喜欢耍一些小伎俩。因此，他花了好几年的时间，倾尽所有才华，创建了这座迷宫。

代达罗斯凝视着迷宫的幽暗小径，看着又一名英雄消失在尽头。代达罗斯认为，他将永远不会归来。因为到目前为止，没有人能够在无数的转弯中找到正确的路径。像很多其他神秘的事物一样，这座迷宫也成为英雄受困甚至是陨落的场所。

在这样美好的一天，发生如此可怕的事情实在是令人遗憾。那一天，克里特岛（Crete）上的橄榄树枝叶繁茂，附近森林里夜莺的歌唱在代达罗斯的耳畔回响。但代达罗斯无暇享受，因为他在专注地听另外一种声音。当时正值五月，每年的这一天，希腊人都必须挑选七位最强壮的少年和七位最美丽的少女，作为给克里特岛国王迈诺斯（Minos）的贡品送入迷宫。弥诺陶洛斯（Minotaur），一头半人半牛的愤怒野兽，在迷宫中的秘密通道中等着享用他们。代达罗斯建造了迷宫，并将弥诺陶洛斯困在其中，希望以此取悦国王迈诺斯，他想听的就是那些被当作祭祀牺牲品的少年少女的抽泣声。

虽然代达罗斯可以看到穿着白色衣服的孩子穿过繁花似锦的树林，沿着林中小径朝他走来，道路却是出奇的安静。他们的目光充满了勇气，为首的是一名比其他人更高且更年长的人。代达罗斯看到他之后，不由得打了个冷战，连忙躲到了一堆苔藓后面。

所有的希腊人都在谈论这个年轻人——雅典国王的儿子提修斯（Theseus）。他之前一直随祖父在特罗曾（Troezen）居住，最近才回到雅典，但他最终凭借着自己的英武赢得了人们的尊重。一开始，街上还有些男孩嘲笑他，因为他总穿着一件爱奥尼亚

（Ionian）式的衣服，还留着长头发。男孩们取笑他像个小姑娘，并且告诉他不应该一个人出现在公共场合。听到这种嘲笑，提修斯一把抓起旁边一辆装满货物的马车，不费吹灰之力就将它抛到空中。这让所有看热闹的人惊叹不已。随后，提修斯又制服了差不多 50 名妄图推翻希腊政权，建立自己的掠夺和独裁统治的巨人。再后来，提修斯凭借非凡的力量，驯服了一头正在城外摧毁谷物的愤怒公牛，并将它带回雅典城内。

然而，代达罗斯并不知道提修斯的这些冒险经历。

当他来到雅典时，正好是希腊人必须将儿女作为贡品进献给迈诺斯国王的时候，所有的希腊人都陷入极大的痛苦之中。提修斯决定救同胞于水火之中，他主动提出作为其中的一员被送往克里特岛。他的父亲，希腊国王埃勾斯（Aegeus）不愿意让儿子这样做。因为他年事已高，提修斯是继承希腊王位的希望。但在献祭当日，除了七位女孩和六位男孩被抽签选出之外，提修斯依然坚持主动跟随他们登上了那艘悬挂着黑色风帆的船。

在他们到达克里特岛之后，首先被带到了迈诺斯国王面前。提修斯看到国王的女儿阿里阿德涅（Ariadne）端坐在王座旁[①]。

① 我们今天还能在夜空中看到阿里阿德涅的星座和她那由繁星组成的环形宝石皇冠。她的星座位于武仙座上方，在她下方赫拉克勒斯（Hercules）跪在她的脚边。

她看到提修斯和其他的年轻雅典居民，想到他们马上将要被迷宫吞噬，不由心生怜悯。她希望能解救他们，让他们长大之后成为雅典的荣耀。于是，她送给提修斯一把剑用来对抗牛头怪弥诺陶洛斯，还给提修斯一个由白色细线绕成的线团。

代达罗斯在他的藏身之处目睹了这一切，并陷入沉思。此时，提修斯已经无所畏惧地进入了迷宫。

在顺着蜿蜒曲折的通道前进时，提修斯解开白色线团，用纱线在身后留下记号。他大胆前进，最终到达迷宫中心，找到了贪婪的牛头怪。提修斯用阿里阿德涅给他的锋利宝剑轻而易举地解决了它。随后，他沿着纱线折返并走出迷宫，终于重见了光明。代达罗斯感到莫名的恐惧，因为他工作的技巧被发现了——提修斯使用白色线团，轻松破解了迷宫。再也不会有希腊的英雄和孩子成为弥诺陶洛斯腹中的美餐了。

迷宫被破解了，迈诺斯国王对代达罗斯大为恼火。他将代达罗斯和他的儿子伊卡洛斯（Icarus）囚禁到克里特岛的一座高塔中。要知道，代达罗斯一直将伊卡洛斯视作掌上明珠。父子二人想尽办法逃了出来。迈诺斯国王下令卫兵在海岸上层层设防，并对所有船只进行了搜查，以阻止两人离开小岛。伊卡洛斯非常信任他的父亲，并依照父亲的指示成功避开了守卫。最终，他们逃到了另一个小岛上，并在那里开始了新的生活。代达罗斯也慢慢淡忘了迷宫给他带来的教训，开始专心为自己和伊卡洛斯打造翅膀。

这些翅膀如同之前的迷宫一样令代达罗斯费尽心机。他让儿子去搜集所有海鸟和森林鸟类掉落的羽毛。伊卡洛斯每次回来都会带来满满一捧羽毛。他为自己的父亲感到骄傲，并希望能快快长大，好协助父亲工作。在雪松林中的小屋里，伊卡洛斯坐在父亲的身边，他将羽毛按大小分拣，然后涂上蜜蜂在空心树中留下的蜂蜡。代达罗斯用他灵巧的手指将这些羽毛编织在一起，他模拟鸟儿翅膀的排列，先从最小的羽毛开始，接着是长一点的羽毛，再接着是更长一点的。他将大的羽毛用线缝到一起，将其他的羽毛用蜂蜡粘上去。终于，他做好了两副翅膀，将翅膀分别固定在自己和伊卡洛斯的肩膀上。接着，他们跑向岸边，纵身一跃，在经过充分的准备之后，终于像鸟儿一样飞了起来。

伊卡洛斯如同夜莺一样快乐。他张开翅膀，让自己的歌声直冲云霄。但代达罗斯再次对自己的作品产生了担忧，他警告儿子：

“我的伊卡洛斯，一定要沿着中间的轨道飞行，”他说道，“不能太高，也不能太低。如果太低，海水溅起的飞雾会增加翅膀的重量；如果飞得太高，太阳的灼热可能会伤害你。所以你必须靠近我。”

然后，代达罗斯亲吻了他的儿子，乘着翅膀飞上了天空，并招呼伊卡洛斯跟紧他。当他们从克里特岛飞远的时候，农夫们停下了手中的工作，牧羊人也忘记了他们的羊群。大家都抬头看着空中的这一奇景。代达罗斯和伊卡洛斯就像两个神仙一样，乘着风在湛蓝的海面上飞翔。

在前往遥远的西西里岛（Sicily）途中，他们飞过了萨摩斯岛（Samos）和提洛岛（Delos）。伊卡洛斯兴高采烈地向高处飞去，偏离了父亲给他指引的低空路线。要知道，有机会一睹奥林匹斯山上众神之城的风采是伊卡洛斯毕生的愿望。而现在机会就在眼前，他当然不想放弃。伊卡洛斯认为他的翅膀足够牢靠，可以带他去实现梦想。因为他信任自己的父亲，认定父亲一定也为他想到了这一点。

向上，再向上！伊卡洛斯一点点靠近天国。但随着伊卡洛斯越来越靠近太阳，水雾的凉爽慢慢变成了狂烈的炙烤。热量熔化了固定羽毛的蜂蜡，伊卡洛斯的翅膀随之脱落。他绝望地伸出双臂，但是哪有什么东西可供他抓握。

“伊卡洛斯，我的伊卡洛斯，你在哪里？”代达罗斯焦急地呼喊道。但他只看到了儿子坠入深海时激起的波纹，还有四散在海面上亮光闪闪的羽毛。

这是迷宫故事真正意义的结束。海的女儿涅瑞伊得斯（Nereids）

将伊卡洛斯拥入怀中，温柔地将他带到海底，埋葬在她们长有珍珠海葵的花园中。代达罗斯孤身一人飞往西西里岛，并在那里建造了一座供奉阿波罗的神庙。他将自己的翅膀挂在神庙中，作为对神的献祭。从那以后，他再也没有见过自己的儿子。

Chapter

9

珀尔修斯征服海洋

一场暴风雨在海上肆虐。在惊涛骇浪面前，所有的船只都显得十分渺小。狂风裹挟着巨浪，从希腊海岸的岩石之中喷涌而出。在那里，蛇发女怪美杜莎（Medusa）操控着这些海浪。她翻卷起一波波的海浪，将那些在海水中苦苦挣扎的小船撕碎，让船上的水手们葬身海底，只留下破碎的船桨和桅杆，被海水拍打到岩石之上。

在狂风的咆哮和巨浪的暴怒之中，似乎有一艘小船从远处飘过来，它乘着巨浪逐渐向岸边靠近。当它足够靠近的时候，在岸边察看天气状况的渔民们发现那并不是一艘小船，而是一只雕花雪松木箱子，上面捆着金色的锁链。一个巨浪袭来，将箱子瞬间吞没。过了许久，它又顽强地浮出水面。最终，它还是难以逃脱被抛到岩石上的命运。渔民们认为箱子里面可能装着那些无情的破坏者献给美杜莎的宝藏，于是赶紧跑上前去。

赶到箱子旁边后，渔民们发现里面是一位年轻的母亲，怀中紧紧抱着尚在襁褓之中的儿子。蛇发女怪在海上兴风作浪，所以母子二人吃尽苦头才到这里。渔民们将他们带到了塞里福斯（Seriphus）国王波里德克特斯（Polydectes）面前。年轻的母亲向国王讲述了她的故事。

“我是阿哥斯（Argos）的公主达娜厄（Danae），”她说道，“但我的父亲，也就是阿克里西俄斯（Acrisius）国王，害怕我这个刚出生的儿子长大后会危及他的生命，于是将我们锁在一只并不结实的箱子里，然后将箱子抛到了海里。我请求您的庇护，国王殿下。我的儿子有着强大的力量和高贵的血统。有朝一日，他一定会建功立业，并回报您的慈爱。”

达娜厄是一位如此可爱的美人儿，怀里还抱着她刚出生的婴儿，因此没有人会拒绝她的恳求。她被允许留在塞里福斯岛，她的儿子珀尔修斯（Perseus）逐渐长大，先是成为一名大男孩，后来成了一个无所畏惧、敢作敢当的年轻英雄。

一直以来，美杜莎都在陆地和海上制造灾难。她曾经也是希腊海边的一位美丽少女，但由于和智慧女神密涅瓦爆发了争吵，众神将她变成了一位蛇发女怪。她之前卷曲而秀美的长发变成了纠缠在一起的毒蛇。毒蛇在她的肩膀两两缠绕，一直下垂到地面上，紧紧裹住她的脚踝。没有人能说清楚美杜莎到底有多可怕，但不管是什么人，只要是看到了她的脸，就会立即变成一块石头。在她的居所周围，到处可见变成石头的动物和人类。他们只不过是瞥了美杜莎一眼，便瞬间被石化。尤其是，美杜莎用自己的力量让海洋保持冷酷无情。每当那些铁石心肠的船长将击败的敌人扔进海里，美杜莎就会用巨浪让他们粉身碎骨。

因此，珀尔修斯决定长大成人后的第一次冒险就是要征服美杜莎，那个蛇蝎心肠的蛇发女怪。众神赞同他的决定，他们在奥林匹斯山碰面，商议如何助这位年轻英雄一臂之力。

珀尔修斯全副武装，头戴普鲁托的头盔，足蹬墨丘利的飞靴，
手拿密涅瓦的盾牌，飞奔向蛇发女怪的孤独洞穴

“我会把盾牌借给珀尔修斯，陪伴他去历险。”他们之中最为睿智的女神密涅瓦说道。

“我会借给珀尔修斯我的飞靴，”速度之神墨丘利态度也非常坚决，“帮助他早日完成这个勇敢的差事。”

就连冥界的首领普鲁托（Pluto）也听说了珀尔修斯的雄心壮志，他慷慨地贡献出可以隐身的魔法头盔。

珀尔修斯全副武装，踏上了冒险之旅。他头戴普鲁托的头盔，足蹬墨丘利的飞靴，手拿密涅瓦的盾牌，飞奔向蛇发女怪的孤独洞穴，快如朱庇特所投掷的火镖。当然，他的行踪别人是看不到的。

美杜莎无休止地在洞穴大厅里走来走去，并发出绝望的呻吟和哭泣声。她无法摆脱那些盘踞在她脑袋和身体上的，黏糊糊而且不断蠕动的毒蛇。珀尔修斯一直耐心地等到美杜莎实在没有力气折腾，瘫倒在洞穴中的石头上睡去。这时，珀尔修斯小心靠上前去，并尽力让自己不去看美杜莎那可怕的脸。通过盾牌上的倒影，珀尔修斯割下了美杜莎的头颅，并将它作为战利品带走。

自此，乘船出海的人再也不用因为残忍的美杜莎而担惊受怕。经珀尔修斯之手，美杜莎的邪恶力量被改造成为善良的力量。英雄高举着美杜莎的头颅，穿着飞靴飞越陆地和海洋，直至地球最西侧太阳落山的位置。

那里是阿特拉斯的王国。阿特拉斯是巨人中的一员，他牛羊成群，却不愿意与任何人分享自己的财富，甚至也不让别人踏入他的田产半步。阿特拉斯最大的骄傲是他的果园，果园中所有的果子都是黄金的，它们挂在金黄色的树枝上，有些还藏在金黄色的树叶后面。珀尔修斯没有打算采摘这些黄金果实。

“我只是恰巧路过你的领地而已，”他向巨人解释道，“我出身高贵，有着神的血统。我刚刚完成了消灭海上恶魔美杜莎的壮举，现在我只是想歇歇脚，请为我准备一些吃的。”

但阿特拉斯只能想到他对金果子的贪念。

“滚远一些，你这个爱吹牛的家伙！”他大喊道，“否则，我会像踩死一条蠕虫那样让你血肉模糊。让你的血统和勇敢见鬼去吧！”

珀尔修斯并没有和巨人硬碰硬，而是将蛇发女怪的头颅举到了他的面前。然后，阿特拉斯庞大的身躯就慢慢变成了石头。他如钢铁般的肌肉、粗壮的四肢和头颅都开始变大，直到变成一座大山耸立在珀尔修斯面前。他的胡须和毛发变成了森林，胳膊和肩膀变成了峭壁，头颅变成了山峰，而骨骼则变成了岩石。在接下来的几个世纪里，阿特拉斯一直伫立在那里，头顶着天空，肩膀承受着星星的重量。

珀尔修斯继续飞行，来到了埃塞俄比亚人的国家。那里的海

珀尔修斯除掉海怪，救下了美丽的公主安德洛墨达

洋和曾经被美杜莎控制的希腊海岸一样无情。当珀尔修斯靠近岸边时，看到了一个可怕的场景。

一只海怪一面在海中搅起惊天巨浪，一面一步步逼近岸边。一个漂亮的女孩被捆在岩石之上，等着这条恶龙的吞噬。她被吊在岩石上，脸色苍白，面无表情。要不是她的泪水在岩石上留下了一道长长的印痕，海风拂过她金黄色的头发使她如同云朵一样的飘逸，珀尔修斯可能会认为那只是雕刻在岩石上的一尊大理石雕像。

珀尔修斯降落在她的身边，他既痛心于女孩的遭遇，又欣喜于她的美丽。

“为什么你被困在这么危险的地方？”他问道。

女孩起初并没有回答，而是试图遮住自己的脸，但无奈双手已经被铁链捆住动弹不得。最终，她开了口：

“我是埃塞俄比亚的公主安德洛墨达（Andromeda），”她说道，“我的母亲卡西奥佩娅（Cassiopeia）王后美艳动人，容貌甚至胜过美丽的女神，这让海中的怪物非常恼怒。因此，我必须作为祭品献身大海，才能安抚它。天啊，它过来了！”安德洛墨达尖叫起来。

她的话音未落，水面上就响起了“嘶嘶”声，海怪从浪尖探出脑袋，用宽阔的胸膛劈开了巨浪。岸上挤满了爱戴安德洛墨达的民众，他们哀呼着，不忍直视这即将发生的悲剧。海怪开始沿着悬崖攀爬时，珀尔修斯突然乘着飞靴一跃而起。

他像一只苍鹰在海面上翱翔，向这条来自大海的恶龙猛冲过去。他用宝剑刺中了恶龙的肩膀，但怪物只是破了点皮。它猛地跳入水中，愤怒地溅起水花，以至于珀尔修斯几乎什么也看不清，更无法攻击它。但他终于在水雾中辨出了恶龙的身影，将宝剑从恶龙的鳞片之间刺了进去。紧接着，他又刺中了恶龙的身侧、腹部和头部。最终，鲜血从怪兽的鼻孔中喷涌而出。珀尔修斯举起安德洛墨达身旁的一块岩石，给了怪兽致命一击。聚集在岸边的人们欢呼雀跃，他们高兴的呼喊声久久在山间回荡。

就像每个童话故事中的王子一样，在战胜海怪之后，珀尔修斯请求美丽的安德洛墨达成为他的新娘，并且如愿以偿。他们在安德洛墨达父亲的宫殿中举行了盛大的婚宴，到处洋溢着欢乐和喜庆。故事讲到这里，似乎是珀尔修斯冒险的完美结局。但就在这时，宫殿外传来了巨大的喧嚣声，就如同发生了一场战争一般。门外是菲尼亚斯（Phineas），埃塞俄比亚的一名武士。他深爱着安德洛墨达，却没有勇气救她于水火。听闻安德洛墨达即将成为别人的妻子，他风风火火地带着自己的队伍赶来，想要从珀尔修斯身边夺走安德洛墨达。

“在她被捆在岩石上的时候，你就应该出手了，”珀尔修斯怒斥道，“而不是现在带这么多士兵来攻击我们，你这个懦夫！”

菲尼亚斯不发一言，而是举起标枪朝着珀尔修斯掷过来。英雄突然心生一计。

“让我的朋友们都离开，或者转过身去。”他说道。随后，他高高举起了美杜莎那令人胆寒的爬满蛇的头颅。

菲尼亚斯手举着标枪，但既不能掷出去，也没法收回来。他的四肢变得僵硬，嘴巴张开但却发不出声音。他和他所有的部下都变成了石头。

随后，珀尔修斯宣布安德洛墨达成为自己的妻子。他们非常希望前往阿哥斯拜访珀尔修斯的外祖父——阿哥斯的国王阿克里西俄斯。神谕中说阿克里西俄斯将会被珀尔修斯杀死，所以阿克里西俄斯非常惧怕，在外孙刚一出生时，便将他装在箱子里，让他漂在海上自生自灭。

“我想告诉他，没什么可担心的。”珀尔修斯说道。

他们得知老国王目前身陷悲惨的境遇——被赶下王位并且成了阶下囚。珀尔修斯杀死了篡位者，并帮助外祖父重新坐上了王位。

随着时间的推移，珀尔修斯继承了王位。在他的英明治理下，阿哥斯的一切井井有条。为此，众神在星空中专门为他和美丽的安德洛墨达留下一席之地。在任何晴朗的夜晚，你都可以在仙后座（以安德洛墨达的母亲卡西奥佩娅命名）中看到他们。

Chapter

10

飞马珀加索斯

当珀尔修斯英勇地斩下蛇发女怪美杜莎的头颅时，发生了一件非常奇怪的事情。鲜血沿着珀尔修斯的剑滴落地面，幻化成一匹有着修长肢体，肩膀上长有翅膀的骏马。这匹马被称为珀加索斯（Pegasus），是地球上前所未有的奇妙生物。

当时，一位名叫柏勒罗丰（Bellerophon）的年轻英雄从自己的国家出发，来到利西亚（Lycia）国王伊奥巴忒斯（Iobates）的宫殿前。年轻人呈上了一封介绍信，里面有两条秘密信息。介绍信的开具者是国王的乘龙快婿。第一条秘密信息是：

“持有这封信的柏勒罗丰是一位不可战胜的英雄。我请求您款待他。”

第二条是：

“我建议您杀死柏勒罗丰。”

事情的真相是，伊奥巴忒斯国王的女婿嫉妒柏勒罗丰的能力，并希望除掉他，以满足自己的野心。

利西亚国王是一个内心友善的人。他非常不解的是，如何根据柏勒罗丰呈上的那封推荐信的建议采取行动。直到可怕的怪物奇美拉（Chimaera）闯入他的国家时，他依然被深深困扰。奇美拉是一个比任何人类都恐怖的野兽，它有一个笨拙且粗糙的身体，长着一条和龙一样的尾巴。它长着狮子的头颅，鼻孔大张，能喷出炽烈火焰。它张着血盆大口，呼出有毒的气体，任何人只要沾上了这种气体都必死无疑。当伊奥巴忒斯的臣民纷纷请求国王的保护时，伊奥巴忒斯计上心来，决定派出英勇的陌生人柏勒罗丰去征服野兽。

柏勒罗丰本以为可以在利西亚王宫休整一段时间。他觉得国王应该专门为他办一场欢迎宴会，这样在宫廷的游戏中，他就有机会一展投掷铁饼和驾驶战车的风采。但就在他抵达伊奥巴忒斯宫殿的第二天，他便被派去猎杀怪物奇美拉。

至于他将何去何从，又将如何击败这个怪物，柏勒罗丰毫无头绪。但他觉得在正面面对危险之前，先到密涅瓦的神庙中待一晚上会是个好主意。密涅瓦是智慧女神，可能会在这场孤注一掷的冒险中给他以帮助。

因此，柏勒罗丰来到密涅瓦所在的城市雅典，并在她的神庙中留宿。他是如此的疲惫不堪，以至于在向女神祈祷的中途睡着了。第二天早晨醒来的时候，他发现手中多了一根金色的缰绳，还有一个声音指引他来到城外的一口水井旁。

在此之前，飞马珀加索斯一直被放养在缪斯女神们的草坪上。缪斯女神共有九位，她们是亲姐妹，其中一位负责照料诗人，另一位负责撰写史料，其他几位分别司掌舞蹈、喜剧和天文学，以及任何神认为可以让生活更有价值的事物。她们需要像珀加索斯这样的骏马。每当她们需要从地球返回奥林匹斯山的时候，飞马便会帮助她们。

飞马珀加索斯

柏勒罗丰从未听说过珀加索斯的存在，但当他跟随神谕的指引来到井边的时候，飞马已经站在那里等候了。与其说是站在那里，倒不如说是飘浮在那里。飞马的翅膀已经将它的四个蹄子带离了地面。珀加索斯看到柏勒罗丰手中的金色缰绳，便径直来到英雄面前，安静地站在一旁，等着英雄给它戴上挽具。就在这时，一个阴暗的影子掠过天空，可怕的奇美拉在柏勒罗丰头上盘旋，下颚喷出的火花如雨点一样砸到英雄的身上。

柏勒罗丰翻身上马，一手挽着缰绳，一手挥舞着他的宝剑。珀加索斯载着他迅速升上天空，来到奇美拉面前。珀加索斯和奇美拉在云端展开决斗。飞马闪转腾挪，在他的帮助下，柏勒罗丰轻松地杀死了奇美拉。利西亚人长舒了一口气。事实上，这对后人来说也是一个莫大的激励。直到现在，如果人们要提起某种一开始看起来很可怕但征服起来并不那么困难的事物，还往往会将它形容为“奇美拉”。

英雄本该将飞马还给缪斯女神，然后回到利西亚王国，接受人们的欢呼，故事也本应如此结束。此时却发生了一件意料之外的事情——柏勒罗丰决定将珀加索斯留在身边。他每天都会骑着飞马转上几圈，觉得自己已经功成名就，非常骄傲。有一天，柏勒罗丰突发奇想地驾着珀加索斯来到众神居所的大门之前。对于从未得到奥林匹斯山邀请的凡人而言，这是想都不敢想的事情。

朱庇特看到这个无礼的骑手越来越接近众神之地，不由怒火中烧，他派出一只牛虻蜇了珀加索斯一口。柏勒罗丰被珀加索斯抛下，重重地落到地面上。从那以后，他成了一个跛脚且失明的人。

当然，这并不是珀加索斯的错。即便长有翅膀，它也只是一匹帮助他人追逐梦想的骏马。飞马也从空中坠落到地面，没有受伤，但是它掉到了一个远离之前牧场的地方。它不知道自己在什么地方，也不知道怎么去找寻缪斯女神们。珀加索斯的翅膀似乎失去了功能，它漫无目的地从国家的一头游荡到另外一头。由于它长着翅膀，常常被农夫误认为是一种怪异的龙，被他们从一块田地驱赶到另外一块。它慢慢变老，也没有了往日的敏捷。它的翅膀不再有任何作用，反而变成了一种拖累。它再也飞不上天空了。

最终，和所有的老马一样，不管年轻时如何风驰电掣，年迈的珀加索斯被卖给了农夫，被套到犁具上终日耕田劳作。

珀加索斯并不习惯这种繁重的农活。它的力量更适合在空中展翅翱翔，而不是拖着脚步混迹于田野。它虽然用尽全身的力气去拉犁，由于翅膀的妨碍，还是有劲无处使。它的主人用牛鞭重重地抽打它的背。如果不是那一天的时来运转，这可能是它最终的归宿。

这天，一名非常崇拜缪斯女神的年轻人路过此地。他是如此的贫困潦倒，以至于除了树林和树篱之外，别无栖身之处；除了野果和野菜之外，别无他物果腹。但这位年轻人是一名年轻的诗人，他可以将地球上所有的美丽，比如山丘、谷地、寺庙、鲜花以及人世间所有的爱，用华丽的文字记载下来，并随着竖琴的旋律吟唱。

诗人对田野里的这匹老马很是同情——它在主人的吆喝下低垂着原本高傲的头颅，拖在泥土里的翅膀已经破败不堪。

“请让我试试这匹马。”年轻人恳求道。随后，他穿过田野，翻身骑到了珀加索斯背上。

突然，就好像受到了神的驾驭，珀加索斯再次昂起头，马蹄也离开地面。它的翅膀再一次舒展地张开，载着年轻人飞向天空。附近所有农场的农夫都放下手中的活，仰头看着这一奇景——一匹飘扬着金色鬃毛的飞马一飞冲天，然后消失在通往奥林匹斯山的云端。

Chapter 11

玛尔斯的战败

在很久很久以前的希腊神话时代，一天界神忒尔弥努斯（Terminus）在一个罗马小镇的郊外举行了一次野餐会。

虽然没有人真正见过忒尔弥努斯，但每一位拥有几英亩土地的农民以及城镇的管理者都非常确信他的样子。他应该穿着和潘一样的服装，手里拿着和现在的测量人员所使用的差不多的量具。他的战车上装满了大石头和精细雕琢的界柱，用来标记农场或城镇的范围。当时没有围栏，但众神指派忒尔弥努斯保护土地的所有者，并且通过为城镇设定神圣的界标，避免敌人的入侵。

忒尔弥努斯每天都忙于工作，所以众神将他这次野餐会称作“度假”。那是他们难得的快乐时光。周围的葡萄园、田野和村庄的边界都放置了石头，还有雕刻着各种各样图案的石柱，让它们更加漂亮。每个前来参加野餐会的人都带来了献给忒尔弥努斯的礼物，有显眼的玫瑰花环、绿色的月桂花环，还有满满一篮子的葡萄和石榴，人们将这些礼物堆放在界石或界柱旁。众神给予人们最大限度的祝福，这可以让他们抵御外敌入侵，自由耕种土地，建造家园，并且安居乐业。

突然，欢乐的气氛被打断。那些正在采摘野花的孩子哭喊着跑向自己的父母，因为天空瞬间暗了下来，似乎飓风正在逼近。那些在玩游戏和跳舞的年轻男女们惊恐地挤在一起，因为他们看到在云层的裂缝之间有几道黑色的战车车辙正从天空向地面逼近。那些上了年纪的老年人知道隆隆的雷声、沉闷的咆哮以及云层中偶尔飞溅出的火焰意味着什么，也不停地颤抖着。

“看看到底是谁穿着黑色斗篷站在我们中间，将白色的霜冻洒向田野，并且将我们冻住！”他们问道。随后，他们惊呼起来：“是‘恐惧’！战神玛尔斯的侍卫！他正驾着战车朝我们驶来！”

随后，一阵恐怖的声音传来，淹没了人们的呼喊声。伴随着盾牌和利剑的碰撞声，女人和儿童的哭喊声，一辆战车从人群之中碾过，车轮上还滴着鲜血。战车由玛尔斯另外两个侍从“警告”和“惊骇”驾驶，其中一个阴着脸，像是雷雨云一般，另外一个则面如死灰。

“我们该怎么办？就这么束手无策地坐以待毙吗？”一个男人喊道。

另外一个人回答道：“先管好你自己，不要有危险。你为什么把宝剑留在家里？如果你连自己都保护不好，又怎么能保护得了我？”

对于这些出身高贵的罗马人而言，在这个节骨眼上说出这样的话，的确有些不合时宜。然而，这并不是他们心中或者脑海中的本意，是战神的另外两个侍从“惊慌”和“离间”穿着生锈的盔甲来到人群中，向他们灌输了这些思想。

“玛尔斯来了！”人们随后惊叫道。空气中开始弥漫起令人窒息的浓雾，偶尔夹杂着暴怒的火箭。那些由火山之下独眼巨人库克罗普斯在作坊中锻造的雷电被玛尔斯抛向地面，将地球撕裂为成千上万个碎片。玛尔斯，奥林匹斯山最好战的神之一，穿着铠甲在这场杀戮中横冲直撞。

他的战马狂野地在人群中穿过，身上沾满了鲜血。玛尔斯面容阴暗、冷峻，眼中却发出如火的光芒，因为他有着铁石心肠，只有战争才能让他感到快乐。他坐在一个同样沾满鲜血的宝座之上，侍卫们守在他的身旁。对他而言，战乱的喧嚣和那些身受重伤的人的哀号，仿佛如音乐般美妙。

玛尔斯的宫殿是奥林匹斯山上最恐怖的场所。那是一个冷冰冰的古老城堡，只是为了宣扬武力而建造。城堡上没有一丝缝隙，能让阿波罗那令人欢愉的阳光透进来。快乐的缪斯女神们、带着美妙琴声的俄耳甫斯（Orpheus），甚至上了年纪却依旧风趣的嘲神莫墨斯（Momus）从来不会选择来这里。这座宫殿日日夜夜都由一只庞大的猎犬和一只凶猛的秃鹫守护着，它们都是战场上的常客。玛尔斯坐在自己的王座上，底下是一群神情沮丧、等候他发落的战俘。他始终佩戴着代表自己至高无上权力的，由长矛和火炬组成的徽章。那么，玛尔斯为什么离开他的住所，来到原本充满欢乐和祥和的特米那利亚（Terminalia）？

玛尔斯是一个非常冷酷无情的神。事实上，他的残忍和鲁莽，早已让众神对朱庇特任命他如此重要的职务颇有微词。他们最后决定设两位战神。至于另外一名战神是谁，他的战车如何从云端跌落，那就是另外一个故事了。玛尔斯之所以和“恐惧”“警告”“惊骇”“惊慌”和“离间”这几个令人恐惧的同伙降落凡间，是因为他根本不把界神忒尔弥努斯放在眼里。他决定将那些界石连根拔起，将那些界柱砸得稀巴烂。

从神话时代到现在，每个人都相信公平的斗争。这是人们可以经历的最伟大的冒险——尽其所能甚至是牺牲生命，以纠正错误或保护那些手无寸铁的人。但玛尔斯发起的这场战争并不是这样，他驾驶着众神为他打造的战车，对毫无还手之力的人类进行杀戮。他之所以这样做，只是为了闯入他们的边界。

就像是世界上所有的雷电同时响起，又好像是成千上万支长矛同时刺出一样，玛尔斯来到地球上，跨越并摧毁了忒尔弥努斯精心设置的边界线。他战车的车轮将界石碾成粉末，精雕细琢的界柱也被撞成了碎片，湮没在飞扬的尘土之中。玛尔斯和他的追随者的呼喊盖过了地球上所有的和平旋律——鸟儿的啁啾，儿童的欢笑以及纺纱、割草和研磨的愉快声音。

事实上，这是人类所遭遇的最可怕的入侵。一时间，被众神所宠爱和帮助的地球人类和他们的工业似乎都会烟消云散。但随后发生的一件事扭转了局势。

空中首先传来一声咆哮，好像数英里外森林中被捕的野兽发出的怒吼。随后，地面开始颤抖，就如同巨人们被扔下众神之地时那样。面对玛尔斯的入侵，地球似乎也在哭泣。玛尔斯认为自己是不可战胜的，但可能是藏在暗处的英雄向他放了一支冷箭，也可能是他的骏马不小心被忒尔弥努斯的界石绊倒，不可一世的玛尔斯摔倒在他入侵的土地上。在他挣扎着爬起来之前，一些意料不到的事情发生了。

有意思的是，玛尔斯并没有受伤，但却受到了应得的教训。

在玛尔斯所侵入的忒尔弥努斯边界不远处，住着两位巨人种植园主俄托斯（Otus）和埃菲阿尔特斯（Ephialtes），他们的父辈和祖父辈也都是种植园主。他们实在太忙，就没有参加忒尔弥努斯的野餐会。事实上，他们几乎从未休过假，每天都会在农场中

俄托斯和埃菲阿尔特斯拖着依然在愤怒咆哮的玛尔斯，往家中走去

辛勤劳作，为附近的市场提供水果和制作面包的材料。听到玛尔斯摔倒发出的巨大轰鸣声之后，他们马上放下手中的工具，跑去看看发生了什么事。

据说玛尔斯跌倒时，足足覆盖了 7 英亩的地面。但当两个巨人试图扶起他时，有空气从他身体中漏出，然后他像泄了气的皮球一样收缩。

“我们该怎么处理这个麻烦制造者？”俄托斯问他的兄弟。

“起码，我们应该把这个家伙放在不干扰我们干活，也不影响别人工作的地方。”埃菲阿尔特斯回答道。

“好主意，”俄托斯表示同意，“先把他关起来再说。”

于是，两个人拖着依然在愤怒咆哮的玛尔斯，往家中走去。

他们把这个制造麻烦的玛尔斯塞进了一个巨大的青铜花瓶里，他们轮流坐在盖子上，以确保玛尔斯没有任何逃跑的机会。玛尔斯被关了整整 13 个月。人们利用这个时机重新种植和收获作物，忒尔弥努斯也修复了界石。

巨人种植园主本打算一直将这个战争之神关在花瓶中，但玛尔斯是奥林匹斯山上的神，因此这并不是长远之计。随着时间的推移，玛尔斯被准许回到奥林匹斯山。希腊人和罗马人尝试充分发挥他的作用，不是作为保护神，而是帮助人们获得力量和坚强。

希腊人将雅典周围的一座小山以玛尔斯的名字命名，并在那里开设了一个审判生死的法庭。这彻底改变了玛尔斯的生活。罗马人为他准备了一大块土地，用来开展军事演练和军事游戏，也就是我们现在所称的训练营。在那里，每年举办两次战车竞赛，还举办骑马、铁饼、标枪和射箭比赛。每隔五年，肢体健全的罗马年轻人都会来到这里参加征兵。在每次出征之前，罗马的将军都会来到这里，摆动悬挂于此的圣盾与长矛，然后说道："玛尔斯，请保佑我！"

玛尔斯可以让男人的臂膀更加强壮，英雄们也会自己去主动学习如何变得骁勇善战。

Chapter

12

密涅瓦造城记

海浪轻轻拍打着阿提卡（Attica）的海岸。突然，海浪退去，海面平静如镜。海神尼普顿出现了，就好像是从岩石洞中蹦出来的一样。他高举着三叉戟，胯下骏马的金色鬃毛在风中飘扬。它们的青铜马蹄从水面上掠过，直奔岸边，几乎没有激起任何水花。

与此同时，有一位好战成性的女神出现在陆地边缘。她像玛尔斯一样高大挺拔，但和玛尔斯有些暗淡的铠甲相比，她的铠甲熠熠发光。她手持父亲朱庇特的风暴盾牌，矛尖透出一道道闪电。这是密涅瓦，另一位战争之神。她虽然有时如狂风骤雨般恐怖和威武，但过后，她也会将温暖洒向人间，给地球带来一派祥和。

“尼普顿和密涅瓦怎么遇上了？”渔民和水手挤在沙滩上，相互问道。

一位智者回答道:“他们正在进行一场竞赛，获胜者将得到建造一座城市的荣耀。”作为这场竞赛的评判者，在场的希腊人退到一旁，密切关注着比赛的发展。

尼普顿将他的战车开到陆地上。下车后，他奋力吹响了他的号角，召集水中的仙女和风中的精灵助他一臂之力。随后，他爬上群山之巅一块荒芜的岩石上。这块岩石毫无生气，甚至连一棵草也没有长。尼普顿站在岩石之上，希腊人屏息凝神注视着他，不知道会发生什么。他身披还在淌水的海藻斗篷，墨绿色的飘逸长发中夹杂着一些白色的盐粒。尼普顿举起手中的三叉戟向岩石刺去，这块古老的岩石瞬间裂开了很深的一道缝。随后，岩石的裂缝中开始有清泉涌出。而在这之前的任何时候，这块石头从未流出过一滴水。

“尼普顿赢定了！没有任何神能完成从一块荒芜的岩石中取水的壮举。”人群的欢呼声一浪高过一浪。

此时，密涅瓦也登上雅典卫城阿克罗波利斯（Acropolis）的这块岩石，在尼普顿的身旁站定。她举起手中那根由众神锻造和回火的长矛，轻轻地触碰了这块毫无生气的岩石。奇迹出现了，密涅瓦也因此而得到了人们的拥戴。

坚硬的岩石上突然冒出一颗绿色的小树苗，并以令人吃惊的速度不断向上生长，枝条变高、变宽，形成了树干和树枝，然后长出灰绿色的树叶遮住自己。它挡住了阳光的照射，并投下令人愉悦的树荫。最后，这棵神奇之树的每根树枝上都结出了一种神奇的绿色圆形果实。它们有着鲜美的味道，并且富含油料。这种健康而且具有治愈效果的果实，虽然从未在地球上出现过，但正是全世界所需要的。

在场的希腊人一拥而上，聚集在树下品尝美味的果实。

“密涅瓦赢了！”他们呼喊道，“尼普顿给雅典卫城带来的泉水就如同大海，味道有些生涩。但密涅瓦给希腊人带来了橄榄树。”

这就是当时所发生的事情。密涅瓦带给了人类他们真正需要的东西。雅典作为公正之城被授予战争女神密涅瓦，以奖赏她对人类的仁厚之心。

尼普顿则用行动证明了自己是一个多么糟糕的失败者。他是一个暴躁、自负而且上了年纪的神，自从他父亲的时代——陆地和海洋分离时开始，便习惯于依照自己的方式行事。他也希望拥有雅典城，这样他就可以来去自如。尤其让他感到丢脸的是，他必须要将它拱手让给女神密涅瓦。尼普顿猛地冲到岸边，用尽全力吹响了号角，以此召集所有的海神和风暴之神帮助他摧毁这座城市。

响应召唤的众神构成了一个多么强大的部队！

特里同（Triton）是海神尼普顿的儿子。当支援者接近陆地的时候，他负责引导并吹响战斗的号角。鹰身女妖哈比（Harpies）飞过来围在他身边。哈比是一种身体和人类一样庞大的大鸟，长着奇形怪状的爪子，以人肉为食。支援者中还有只需在人类身体绕上一圈，就能让他们粉身碎骨的海蛇。此外，北风之神玻瑞阿斯（Boreas）也翻卷着滔天巨浪，一步步向岸边逼近。这些来自海洋的邪恶力量搅得海面不得安生，不管是雅典还是雅典人民，似乎都没法在这场海上涌起的惊涛骇浪中幸免。

然而，代表正义的女神密涅瓦选择与希腊人同甘苦共命运。很少有人敢正视密涅瓦的眼睛，她眼神中的勇敢、征服和震慑，以及她那饰以纹章的荣耀之盾，都让人胆战心惊。随后，在她的长矛之下，尼普顿的部队节节败退。她主宰了战争的进程，并协助雅典人取得了胜利，雅典也由此走向了和平与繁荣。

正如你所了解的，神和人一样，也喜欢一些专属于自己的特殊礼物，并且他们会非常珍视这些礼物。朱庇特对雷电有一种特殊的感情，他的王座背后堆积了很多雷电球；阿波罗对他的七弦琴情有独钟；墨丘利视他的靴子和帽子为珍宝；如果不佩戴镶有宝石的腰带，维纳斯从来不会出门，她认为腰带会更加彰显自己的美丽。但，密涅瓦一直希望拥有一座城市。如今，她终于美梦成真，雅典是一座非常宏大而且美丽公正的城市。

密涅瓦在雅典倾注了大量的精力照料橄榄果园，推广橄榄种

密涅瓦来到各家各户之中，教女人们纺纱和织布，以及从她所栽种的橄榄中炼油

植，并保护城市免受入侵，人们慕名从希腊各地和邻国来到雅典。无奈败走的尼普顿在雅典卫城的山上留下一匹战马，密涅瓦专门为它发明了一套由嚼子和缰绳组成的挽具，并将它带到雅典市中心的广场，打破了它的神话地位。由此，希腊人有了耕种和运载大量木材、石头和谷物的马匹，进一步促进了雅典的繁荣，给人民带来了财富。当所有人都开始享受和平的时候，密涅瓦脱下盔甲，来到各家各户之中，教女人们纺纱和织布，以及从她所栽种的橄榄中炼油。

每个人的生活都变得繁荣而且富足。这些财富似乎都要归功于橄榄树，因为它会在任何可以开花结果的地方迅速繁殖，现在已经遍布阿提卡。

离雅典不远的地方是波斯人的王国。多年来，波斯人在战斗中一直立于不败之地，并且对战争与征服充满热情。雅典人过于专注自己的生活，逐渐淡忘了他们好战的邻居。直到那个具有决定性意义的一天，一名报信者上气不接下气地跑进城，告诉大家波斯军队已经在城郊集结。

这引起了希腊人的混乱和惊恐——他们还未曾做好战争的准备。于是，他们去询问神谕，希望得到如何应对波斯军队的指引。神谕回答道:“要相信你们的木城堡！”

希腊的智者彻底曲解了这个建议，因此在雅典卫城的山上忙着修建木制防御工事。山上密涅瓦栽种的第一棵橄榄树依旧挺拔，像是在默默守护着雅典人的美好生活。神谕的本意是让希腊人依赖他们的舰队，阻止波斯人靠近海岸线。木墙刚一建成，波斯人就开始向雅典发起了进攻。

密涅瓦手持她的火焰长矛，来到父亲朱庇特面前，眼中含泪地乞求父亲庇护雅典城的安全。当密涅瓦跪倒在父亲王座之前做出恳求的时候，她得到的是父亲的拒绝。对于朱庇特而言，这无疑也是一个痛苦的抉择。密涅瓦身穿闪亮的盔甲跪在父亲的面前，朱庇特低头注视着自己最心爱的女儿。最后，他告诉了密涅瓦一些关于她的城市的一些事情，这些事情即便是作为众神之王的朱庇特也无法改变。

“雅典过于沉浸于自己的繁荣，而遗忘了众神，”朱庇特说道，“这座城市只是为了自身的发展而生活和劳作，因此必须被摧毁。这样一来，一个更美好、更高贵的城市才可能从废墟中崛起。”

密涅瓦只能眼睁睁地看着雅典城在战火和刀光剑影中一点一点被消耗。整个城市陷入一片火光之中，浓烟升腾而起，甚至飘到了众神的家园中。很快，除了那些作为地基的石头，整个雅典城被付之一炬，那些没有战死的英雄们被迫转移到海上。密涅瓦降落在雅典卫城的小山上，她寄希望于至少那些橄榄树的树根能被保留下来，所幸，她发现了一个奇迹。

朱庇特下令保留这些树根，当作密涅瓦始终对雅典不离不弃的标志，哪怕雅典城已经是一片废墟。在波斯人留下的荒凉废墟上，树根以令人惊奇的速度长到了九英尺高。这标志着雅典没有死去，而将重生为一个更为美好和公正的城市。

密涅瓦头戴金色头盔，高举着明晃晃的盾牌，迅速赶往海边。在那里，她召集起英雄，重新配置船只，向敌军的舰队发起进攻。虽然波斯舰队的战船在数量上有着压倒性的优势，但最终遭遇了可怕的溃败，被摧毁在岸上。在密涅瓦的帮助下，希腊人最终赢得了胜利，朱庇特的预言也变成了现实。原来的雅典已经不复存在，新的雅典百废待兴。

这正是密涅瓦所乐于从事的事业——赢得一场防御战，然后再建立一个全新的城市，并消除任何废墟的痕迹。她和希腊人民一起，在其他诸神的帮助下，努力将雅典打造成一个前所未有的梦幻之城。

司掌农业的女神刻瑞斯复原了废弃的田地和果园，让橄榄树再次在这片土地上旺盛生长。密涅瓦忙于鼓励女性制作比战争之前更漂亮的手工品，并教她们喂养和照顾婴童，让他们茁壮成长为希腊的骄傲。大量的马匹被训练并在战车上使用。阿波罗给这座城市带来了阳光和音乐，建筑师建造了美丽的大理石神庙、雕像、柱子和喷泉。

希腊人开始变得有集体精神，这是让一座城市伟大和强盛的必要条件。在假日，士兵和运动员们举行了盛大的游行，并且举办公共游戏、宴会和演习等活动。其中最盛大的是密涅瓦自己的节日。首先，是展示女神新长袍的游行。这件长袍由雅典技艺最精湛的妇女和少女编织、刺绣而成，被悬挂在一辆设计为船形的花车上。长袍在花车前部展示，就如同飘扬的风帆一般，是游行的焦点。所有的雅典人都跟在花车后面参加游行，年轻的贵族骑着马或乘坐战车，战士们全副武装，商人和农夫以及他们的妻子和儿女则穿着最盛大的服装。这件新长袍将会被穿在雅典城内帕台农（Parthenon）神庙的密涅瓦雕像上。最终，人们将密涅瓦称为帕拉斯·雅典娜（Pallas Athene），他们所热爱的城市的守护神。

随后，将会举办由运动健将参加的比赛。其中，最受欢迎的奖品是一只巨大的陶瓷花瓶。花瓶的一侧是密涅瓦昂首向前，准备掷出手中长矛的身影，她的两侧各有一根柱子，代表着跑道。花瓶的另外一侧是赢得比赛的照片，里面装满了来自密涅瓦栽种的橄榄树上的纯净橄榄油。希腊人已经了解到，有时候战争也是不可避免的，但密涅瓦会使用从她的神树上采集的橄榄油治愈他们的伤痛；并且，新的雅典城会是他们所处的时代最理想的城邦之一。

Chapter

13

字母表之王卡德摩斯

建造一座城市有各种各样的方法。在希腊神话中，卡德摩斯用他的方式建造了美丽的底比斯。

卡德摩斯年轻时，便开始在地球上游历。他从一处海岸游荡到另一处，乐此不疲。他是海神尼普顿的后裔，如同那些永不停歇的海浪一样，有着一颗不安分的心。但卡德摩斯一直希望在陆地上为自己建造一座家园。这样他就可以召集英雄，建造神庙和市场，塑造美好的雕像。

为此，他询问了位于特尔斐的阿波罗神谕，想知道应该在哪个国家定居。随后，那条古怪而深邃的裂缝中传出一个声音，告诉他首先要在田间找到一头母牛，然后不管它去向何方都紧紧跟着它。母牛在哪里停下来，卡德摩斯就应该在哪里建造一座名为底比斯的城市。

卡德摩斯离开神谕的洞穴之后，惊讶地发现了一头白色的母牛。它的脖子上戴着鲜花编织的花环，在附近的草地上吃草。看到卡德摩斯，母牛抬起头，缓缓地靠了过来。卡德摩斯跟在母牛身后，一直走到埃及的一片有着肥沃土地的宽广平原。随后，母牛在这里站定，高昂起头颀望向天空，然后发出低沉的吼叫。

指引卡德摩斯的白色母牛

卡德摩斯弯下腰，捧起一小撮异域土壤，将它送到唇边亲吻。他满心欢喜地环视四周的青葱山丘，欣赏着阿波罗为他指引的场所。他觉得应向众神之王朱庇特表示感谢，于是走向附近的一股清泉。在用清水洗净双手之后，他高举双臂指向天空。

泉水从一个由厚厚的灌木丛覆盖的洞穴喷涌而出，如水晶般晶莹甘冽。那里是一片古老的树林，从未被斧头破坏过。卡德摩斯穿过丛林进入山洞，发现里面别有洞天。厚厚的树枝树叶遮住了阳光，洞中呈现出一派清幽的场景。

卡德摩斯将仆人递给他的一只花瓶放入喷泉水流中，当他打满水准备拿起来的时候，花瓶突然从他手中跌落，鲜血顺着他的脸颊流淌下来，他的四肢也开始颤抖。一条毒蛇从水中探出头来，嘴里发出可怕的嘶嘶声。它的眼睛如火焰一样炽烈，嘴里有三排毒牙和三排獠牙，长有羽冠的头颅和鳞片犹如抛光之后的青铜一样闪闪发光。毒蛇将身体盘成一团，将头高高扬起，随时准备攻击，哪怕比灌木丛还要高的高度似乎也不在话下。卡德摩斯的仆人们惊恐万分，一动也不敢动。毒蛇将他们全部杀死了——有的死于毒蛇的獠牙之下，有的死于夹带着泡沫的气息中，还有些死于它那令人窒息的褶皱内。

只有卡德摩斯幸免于难。他挣扎着爬出洞穴，藏身于灌木丛之后，准备与毒蛇决一死战。他用一张狮子皮将自己从头到脚伪装起来，一只手拿着标枪，另一只手拿着长矛。卡德摩斯心中充满了勇气，那是比标枪和长矛更强大的武器。随后，卡德摩斯回到被杀害的仆人们中间，毫无畏惧地站在毒蛇面前，盯着它那还淌着血的血盆大口。与此同时，他举起一块巨大且尖锐的石头，径直朝毒蛇扔了过去。石头刺穿了毒蛇的鳞片，直插它的心脏。愤怒的毒蛇脖子瞬间涨粗了好几圈，从鼻孔喷出的有毒气体在空气中弥漫开来。随后，它将自己盘成一个圆圈，从树上坠落到地上，就像是一段破碎的树干。趁此机会，卡德摩斯大胆地走上前去，用长矛刺入怪物的头部，将它钉在它所掉落的那棵树下。毒蛇挣扎着想要摆脱控制，巨大的力量让大树也变得弯折和扭曲。最终，它在卡德摩斯面前放弃了挣扎，一动不动地瘫在那里，已经没有了生命。

随后，发生了一件神奇的事情。当卡德摩斯站起身来，看着面前的手下败将时，有一个声音传到了他的耳边。虽然他无从分辨声音到底从哪里来，却听得很真切。

“卡德摩斯，去把这条巨蛇的牙齿取出来，然后将这些牙齿埋在你即将建立的底比斯城的平原上，这是命令。”

卡德摩斯遵从了命令。他拔出毒蛇三排尖锐的牙齿，然后犁一道沟，将它们全部都埋在里面。然后，没等他用土盖住它们，一些土块就自动堆了上去。就在伊阿宋（Jason）到处去寻找黄金羊毛的时候，那些毒蛇的牙齿在被掩埋的位置生根，并且在金属盔甲和长矛的帮助下破土而出。在这些代表战争的迹象萌芽之后，一队士兵的头部和胸部慢慢露出来，到最后整个平原都是举着明晃晃盾牌的士兵。空气中充斥着令人恐惧的战争喧嚣声。

卡德摩斯是唯一一个主张镇压这些从土地中长出的士兵的人，并且已经做好了与这些新敌人来一场激战的充分准备。但就在他前进的时候，他再次听到了那个神秘的声音。

“卡德摩斯，不要内战。”那个声音说道。

但卡德摩斯一心想要建造一个和平而且兴旺的城市，并且深知内乱足以给城市带来毁灭。因此，他单枪匹马地进入战场，拔剑刺向其中一个好战的士兵。然而，他自己跌倒了，并被一支箭射中。他止住流血之后，立即站起身来继续往前冲，杀死了四名士兵。与此同时，战士们似乎陷入了战争的疯狂之中，他们开始彼此残杀，整个人群乱作一团。最后，除了五名战士，其他战士纷纷倒下，并由于受了致命伤而死去。这五名幸存者将武器扔到一旁，然后不约而同地放声痛哭起来。

“兄弟们，让我们和平相处吧！”

他们加入了卡德摩斯的行列，与他一道为这座名为底比斯的伟大城市奠基。

他们测量并规划了道路，确保它们足够坚固，以便可以承载国王往来底比斯所乘坐的重型战车。他们建造了房屋，房屋的装饰和雕刻以及所使用的贵重金属在整个希腊都是无与伦比的。他们使用稀有的家具进行布置，并在墙上画下以众神为题材的绘画，在桌子上摆上了金色的盘子和杯子。他们还在城市的边界线上建立了一座巨大的城堡，以抵御外敌入侵。卡德摩斯修建了用于制造工具、家具和家用器具的工厂，以吸引商人们来底比斯做生意，并通过商业促进城市的繁荣。他们为底比斯城设置了七座大门，这是为了纪念阿波罗给地球带来美妙乐曲的七弦琴。

当底比斯建成的时候，似乎是世界上任何其他城市都难以匹敌的。它看起来工商业发达，和平并且富足。不过，卡德摩斯为底比斯带来了更重要的礼物。

他用了很长的一段时间秘密工作，使用尖锐的工具在石碑上雕刻。直到有一天，他向人们展示了自己的劳动成果——字母表，通过阅读和写作赋予他的子民们学习的力量。

这让他的城市更加完整。对于一个经历过内乱的民族而言，如果他们愿意，也可以像众神那样工作并接受教育。

底比斯人也变得很伟大，并推选卡德摩斯做底比斯的国王。他在底比斯进行了公正、善良的长期统治。

Chapter

14

密涅瓦织造的图画

希腊女孩阿拉克涅（Arachne）是一名了不起的织工。她先用灵巧的双手拿起一团白色的羊毛，将它纺成长长的白色毛线。接着，她对这些毛线进行梳理，直到它们像云朵一样柔软轻盈。她在大自然中劳作，她的织机被安放在绿色森林中一棵古老的橡树之下。阳光从树叶之间投射下来，照亮了她在织机上织造的图案。她手中的梭子不停地穿梭，最终她制造出了一块完美的布料。

随后，阿拉克涅用染成彩虹色的羊毛线穿针引线，在她的作品上留下了阳光穿过雨滴时所留下的所有美丽颜色。

那些居住于山林水泽被称为宁芙（Nymphs）的美丽仙女们已经围拢在阿拉克涅周围，争相一睹她工作的风采。其中一名仙女问道："我心灵手巧的阿拉克涅，今天你会在挂毯上绣什么东西？”这些仙女穿着飘逸的绿色衣服，看起来已经和森林融为一体。阿拉克涅开始绣花，仙女们将她围得水泄不通。在阿拉克涅的织针下，青草似乎在不断生长，而花朵则犹如春天一般灿烂绽放。

“今天阿拉克涅会绣什么图案？”其中一位仙女问道。

“你的织造技术太棒了，就好像是密涅瓦亲自传授的一样。”一名仙女有些羞涩地对阿拉克涅说道。

阿拉克涅因为羞恼而红了脸。密涅瓦是司掌女性纺纱、织造和针线活这些必备技能的女神。阿拉克涅的确是得到了密涅瓦的传授，但她是一个有些自负的女孩，总是否认这一点。

“这些技能是我自创的，”她回答道，“你们可以让密涅瓦和我比一场。如果她能完成比我的作品更珍贵的作品，我愿意接受任何惩罚。”

这只不过是阿拉克涅不知天高地厚的妄想而已。当她在夸夸其谈的时候，仙女们被这个凡人的自大吓到了，纷纷四散而去，只留下树叶沙沙作响。阿拉克涅抬起头，仙女们已经不见了，一位老妇人站在她的身旁。

“去和你的凡人同胞们比试吧，我的孩子，”她说道，“永远不要试图挑战女神的权威。你应该请求密涅瓦宽恕你这些轻率的言论。”

阿拉克涅不屑地摇了摇头。

“这些话留着教育你的女仆们吧，”阿拉克涅回答道，“我为我说的话负责。我不怕女神。我再说一遍，如果密涅瓦敢于冒险的话，就和我比一场。”

“她就在这里！”老妇人说道。她卸下自己的伪装，身着女神密涅瓦的闪亮盔甲，出现在阿拉克涅面前。

一开始，阿拉克涅因为惊恐而面色苍白，但随后她的傲慢战胜了恐惧，她的内心充满了愚蠢的自负。当密涅瓦制造出另外一台织机的时候，她已经在自己的织机上开始了一件新的作品。比赛正式开始。她们将模板套在织轴上，然后用细长的梭子飞速地穿针引线。她们用纤细的织筘将纬线梭织到经线上，直到面料变得紧致。随后，她们开始了针线活的比拼。

然而，阿拉克涅决定做一些被众神视作禁忌的事情。她打算用她的技艺织造一些邪恶而非善良的事物。

她开始绣制一幅可能让众神不悦的图片。她高超的技巧和彩色羊毛线的填充足以让那些人物和场景看起来栩栩如生。阿拉克涅所绣制的场景是美丽的欧罗巴（Europa）公主在海边放牧她父亲的畜群。其中有一头公牛看起来非常驯服，它驮着欧罗巴，跃入海水中，并带着欧罗巴远离希腊故乡的海岸。阿拉克涅将这头公牛绣成了伟大的朱庇特神的容貌。

密涅瓦的绣作则大不相同。作为智慧女神，她从奥林匹斯山上降落凡间，并带来了美丽的橄榄树作为礼物，给凡人以荫蔽、果实和油料。密涅瓦在挂毯上绣制了一棵绿色的橄榄树图案。

密涅瓦还在橄榄树的树叶之间精心绣了一只蝴蝶。它栩栩如生，似乎在橄榄树中翩翩起舞，翅膀上的绒毛和如丝绸般顺滑的背部似乎触手可及。这只蝴蝶有着伸展的触角、闪闪发光的眼睛和绚烂夺目的色彩。虽然阿拉克涅不屑一顾，但密涅瓦的手艺要远胜于她。当她们都完成作品之后，阿拉克涅知道自己输定了。

密涅瓦绣制的绿色橄榄树

密涅瓦打量着阿拉克涅的挂毯，里面绣满了自负和孤注一掷的征服欲望。而密涅瓦的作品则显示出橄榄树对于人类生命的意义和如蝴蝶般的美丽。女神认为阿拉克涅的作品没有资格与自己的作品相提并论，于是将手中的梭子掷向阿拉克涅的挂毯，将它撕成碎片。

阿拉克涅突然醒悟，她浪费了自己美好的才华。她突然想逃离自己织造的作品和织机发出的声音。旁边一棵树上垂落一根树藤，阿拉克涅将它缠绕到自己身上，希望树藤能将她带到树上。但密涅瓦不允许她这样做。密涅瓦将毒草附子的汁液涂抹在阿拉克涅身上，阿拉克涅的头发立即脱落，鼻子和耳朵也是一样。她的身体开始变得萎缩，头也越来越小。她的手指紧贴在身体上，变成了和腿一样的形状。那根树藤也变成了一条长长的灰色丝线，阿拉克涅就这样垂悬在上面。

阿拉克涅，这个希腊曾经的熟练织工，现在变成了森林里的一只蜘蛛。从那以后，她就一直纺着一触即溃的蛛丝，织着弱不禁风的蛛网，日复一日，年复一年。

Chapter

15

英雄和他的神仙教母

在那些你最喜欢的古老故事中，英雄的王子一定会有一位神仙教母。她负责对英雄的处世之道进行督导，并且帮助他在冒险历程中获得成功。但是古希腊的赫拉克勒斯，这个堪称是我们所知道的最伟大的英雄，却有着两位神仙教母。在希腊神话时代，她们的名字虽然不为人所知，但她们是影响赫拉克勒斯命运的两位非常强大的女神。还有一件有意思的事情是，没有人能说清哪一位对赫拉克勒斯而言更加重要。

赫拉克勒斯和其他的婴儿一样呱呱坠地，不一样的是，他的父亲是众神之王朱庇特。作为含着金汤匙出生的幸运儿，每个人都对他有很大的期待。和古老的童话中经常出现的故事一样，由于身世显赫，赫拉克勒斯有很多的敌人，其中一个便是女神朱诺。

有一天，还没学会走路的赫拉克勒斯躺在摇篮里，突然看到了一幕足以将比他年龄还大的孩子吓晕的可怕场景。他的摇篮两侧各出现一条绿色的巨蟒，它们高昂着绿色的头，发出可怕的嘶嘶声。巨蟒张开嘴，露出有毒的尖牙，想将这个神的后代置于死地。赫拉克勒斯的仆人们不敢挑战这些怪物，惊叫着四散而去。赫拉克勒斯却伸出稚嫩的双臂，一手抓住一条巨蟒，扼住喉咙将它们勒死。

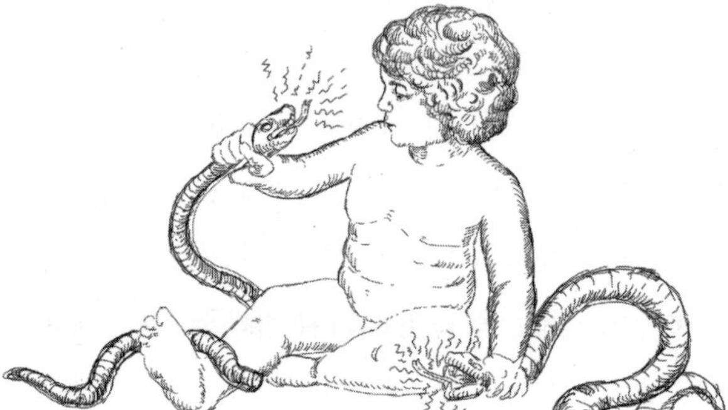

婴儿赫拉克勒斯与毒蛇

在那之后，人们对赫拉克勒斯有了新的认识。他们看着他一天天长大，他除了四肢比其他男孩更加发达之外，肌肉也更加健硕。在他周围依然既有欣赏他的人，也有对他恨之入骨的人——只因为他是神的儿子。赫拉克勒斯的敌人们安排他接受欧律斯透斯（Eurystheus）的训导，并下令欧律斯透斯给他安排几乎不可能完成的任务。

“这个小家伙最后注定要失败，并永远从我们眼前消失。”对赫拉克勒斯极度憎恶的女神朱诺说道。

赫拉克勒斯开始在希腊一处名叫尼米亚（Nemea）的河谷接受历练。这里虽然有着成片的橄榄树林、果园和庄稼地，但这个地方的恐怖之处在于山里居住着尼米亚狮子。从未有人见过如此巨大的狮子，一张血盆大口似乎能吞噬一切。欧律斯透斯命令赫拉克勒斯带回这只怪物的黄褐色皮毛。

“我应该怎样杀死尼米亚狮子？”赫拉克勒斯问道。

“利用你的利箭和魔杖。”欧律斯透斯漫不经心地回答道。但他知道，整个希腊都找不到一支可以刺穿狮子皮毛的箭，哪怕是赫拉克勒斯的那根用粗壮的幼树制成的法杖，也丝毫不能伤害这头野兽。

“赫拉克勒斯怕是永远回不来了。”看着这位年轻的英雄义无反顾地走进群山，河谷中的居民彼此说道。

但是，赫拉克勒斯第二天就出现在人们面前，依然像刚开始那样朝气蓬勃、无忧无虑，只是肩膀上多了一张尼米亚狮子的皮毛。

“它被你的魔箭和魔杖施了魔法吗？”赫拉克勒斯的年轻朋友们围在他身边问道。

“我掐住狮子的喉咙，用双手杀死了它。”赫拉克勒斯向他们解释道。

听到这些话，站在人群外的欧律斯透斯眉头紧锁。“我必须给他制造更大的麻烦。”他想。

阿哥斯是一个美丽并且富饶的希腊城市，但城外沼泽中有一只名叫海德拉（Hydra）的九头蛇怪物出没。人们永远不知道它什么时候会潜入给他们提供纯净饮水的水井中。怪物有九颗头，谣传其中一颗是长生不死的。

“去阿哥斯并杀死九头蛇。”欧律斯透斯向赫拉克勒斯发出了命令。

赫拉克勒斯已经做好了冒险的准备，他带着之前杀死尼米亚狮子时使用的武器再次出发。他来到海德拉盘踞的水井旁，这里也是导致整个国家陷入干旱的源头。海德拉正好在水井中。赫拉克勒斯走上前去，用他的魔杖打掉了海德拉的一颗头。令他吃惊的是，在这颗头掉落的位置又长出来两颗新头！赫拉克勒斯明白，解决这个家伙是一件棘手的事情。他挥舞着魔杖击打着不断冒出的蛇头，一刻也停不下来。最后，除了那颗不死的头之外，他终于把所有的蛇头都敲落下来。最终，赫拉克勒斯心生一计，他用强有力的双手将那颗头颅拧下来，并深埋到一块巨大的岩石下面。

“应该给赫拉克勒斯安排一项和面对野兽不一样的任务，”欧律斯透斯计上心来，“让他去打扫奥吉亚斯（Augeas）国王的马厩。我们倒要看看神的儿子是否会屈尊干这样的脏活。”

这确实是脏活，基本没有冒险精神可言。希腊伊利斯（Elis）的老国王奥吉亚斯马厩中有 3000 头牲畜，而且很多牲口棚已经有 30 年没人清理了。那些牲畜本来都有着优良的血统，但因为喂养不当而奄奄一息。国王身边不是没有英雄，只是他们都觉得清理马厩这样的活实在是太有失身份了。

然而，赫拉克勒斯没有这样的想法。他已经为新工作做好准备，甚至有些期待。他唯一的想法是如何彻底并漂亮地完成任务。最后，他有了一个非常新颖的想法。

在当时，几乎所有司掌户外事务的小神见了赫拉克勒斯都要礼让三分。曾经有一位河神，恶作剧地让河水漫过河堤，淹没了春天刚刚播种的农田。赫拉克勒斯好好地教训了他一顿，敲破了他的一只角，让他老老实实地将河水控制在河堤内。赫拉克勒斯决定让河神来帮他这个小忙。

于是，赫拉克勒斯下令引导阿尔斐俄斯河（Alpheus）和佩纽斯河（Peneus）这两条河流彻底冲刷奥吉亚斯的马厩。这项工作完成得非常漂亮，他也有足够的理由因为拥有另一项能力而感到骄傲。赫拉克勒斯发现，在清洁工作中，只使用一个人的能力固然可以干得漂亮，但换个思路，效果一样出色。

多年以来，赫拉克勒斯不断完成一次次冒险，并且每次都是胜利而归——尽管所有人都预言他将失败，并且灰溜溜地逃回来。欧律斯透斯想要一副新的牛轭，并指明只要希腊西部的夕阳之地由一个长着三个身体的巨人守卫的那副。赫拉克勒斯到达那里时，他发现除了巨人之外，还有一只长着两颗头的巨狗守卫着那头牛。赫拉克勒斯杀死了巨人和他的狗，并将牛赶到欧律斯透斯面前。

赫拉克勒斯战胜了所有的野兽和巨人，并且完成了交给他的所有任务！奥林匹斯山山神的儿子还有什么是办不到的？欧律斯透斯觉得一定有。于是，他派赫拉克勒斯去执行一项看似注定徒劳无功的搜索。他命令赫拉克勒斯将金苹果带回希腊，却不告诉他金苹果到底在哪里。

那是一些非常饱满和美丽的苹果，完全由纯金打造。据说，那是人类在地球上所认识的第一种水果。而且，它们也是希腊人最梦寐以求的。那些金苹果是大地之神该亚（Gaea）送给朱诺的结婚礼物，现在挂在赫斯帕里得斯（Hesperides）姐妹所居住的美丽花园的一棵黄金树上，她们还派了一条恶龙看守这些金苹果。即便是知道这些金苹果的确切位置，采摘它们依然是件棘手的事情。赫拉克勒斯出发时并没有明确的路线图或计划表，这是他所有冒险中最为困难的一个。

在路上，他遭遇了大地之子安泰俄斯（Antaeus），一位强大的巨人和摔跤手。赫拉克勒斯和他过招，并且一次次将他摔翻在地。但每次巨人从地面上爬起的时候，都会重新焕发力量，就像是被施了魔法一般。赫拉克勒斯最终找到了安泰俄斯力量的秘密，赢得了战斗。这些情况，我们将在下一个故事里讲述。随后，赫拉克勒斯继续前进，大地之子已经无法阻挡他的脚步。很快，他来到了非洲的阿特拉斯山（Mount Atlas）。上了年纪的驼背巨人阿特拉斯站在群山之巅，肩膀扛着天空。他和群山的年纪一样大。他被众神判定一年四季站在那里，永远不能回自己的家。

“老阿特拉斯，如果你愿意去金苹果园给我带一只金苹果回来，我可以站在山顶上顶替你一会儿。”赫拉克勒斯对巨人说。

“我的孩子，天空可比你想象的要重得多，”阿特拉斯回答道，“我不认为你能扛得住。”

“让我试试。”赫拉克勒斯催促道。

这样，阿特拉斯将天空的重担从他的肩膀转移到赫拉克勒斯的肩膀上，赫拉克勒斯牢牢地撑起了天空。当阿特拉斯回来时，怀里抱着许多珍贵的金色小球。赫拉克勒斯仍然顶着天空，仿佛举重若轻。阿特拉斯想让他一直这么顶着，但赫拉克勒斯可不是这么打算的。他将重担交还给阿特拉斯，然后带着金苹果回了希腊。

即便是在这最后一次考验中，赫拉克勒斯也征服了地球。似乎没有任何壮举是这位英雄完不成的。他继续动用自己强大的力量，甚至下到普鲁托掌管的暗黑世界将囚禁在那里的英雄提修斯解救了出来。最终，甚至是他在奥林匹斯山上的宿敌们，也不得不给赫拉克勒斯留出了一块象征荣耀的位置。朱庇特用云彩将他环绕，并派出一架由四匹马拉的战车载着他沿着星光大道回家。当赫拉克勒斯回到奥林匹斯山时，老阿特拉斯的背就更驼了，因为英雄的回归增加了天空的重量。

然而，你可能会问，那两位作为神仙教母指引赫拉克勒斯命运的女神到底是谁？古人也有着同样的疑惑。在朱庇特将赫拉克勒斯从希腊召回之前，赫拉克勒斯回答了这个问题——其中一位是“美德之神”（Virture），另一位是“欢愉之神”（Pleasure）。赫拉克勒斯最终选择了第一位，并终身追随。

Chapter

16

俾格米侏儒

很久很久以前的希腊神话时代，地球上生活着一位土生土长的巨人安泰俄斯，还生活着同样土生土长的侏儒人俾格米（Pgymy）。他们都是同一个地球母亲的孩子，大家友好而和平地生活在非洲中心。

如果你看到侏儒族的袖珍城市，一定会感到非常稀奇。街道只有两三英尺宽，路面上铺着世界上最小的鹅卵石，周围环绕着松鼠笼大小的居住区。如果一个俾格米人能长到六到八英寸高，就会被认为是个巨人。他们和其他人类之间隔着很多的荒漠和高山，以至于能碰到他们可以说是百年不遇的稀奇事。

侏儒族国王的宫殿和洋娃娃的房子一样高，这座宫殿和其他的房子都不是用石头或木头建造的。它们被侏儒工匠用砂浆整齐地粘在一起，非常像鸟巢，只不过没有稻草、羽毛、蛋壳和一些硬质黏土。当太阳将他们的房屋晒干之后，便是侏儒们理想、舒适的居所。

他们的巨人朋友安泰俄斯身材高大，拄着一棵松树作为拐杖。在阴天的时候，俾格米人费好大劲才能看见他的头顶。但如果是艳阳高照的正午，阳光之下的安泰俄斯就格外的壮观。他站在那里，像一座山一样高大。他脸上挂着微笑，低头看着他的矮个子兄弟们。他的独眼犹如一个巨大的车轮，嵌在额头的正中央，一眼望去，整个侏儒族尽收眼底。尽管他们体型悬殊，但安泰俄斯需要这些侏儒朋友，就像这些侏儒朋友需要他的保护一样。他从来没有遇到过体型和自己类似的生物，更不用说和他们交谈了。当他站在地面上，看着浮云从眼前掠过的时候，心里无比孤独。这种状况已经有数百年，并且可能会一直持续下去。安泰俄斯甚至幻想过，如果他真的遇到了其他的巨人，地球可能容不下两个如此庞大的生物，他们之间就难免一战。但和这些侏儒族朋友们在一起，他就变成了最快乐、最慈祥并使用云彩洗脸的老巨人。

在这个世界上，俾格米人只有一桩麻烦事。他们总是和仙鹤有着无休止的斗争，时不时还会爆发恐怖的战争。有时候是侏儒获胜，有时候则是仙鹤获胜。在两军交战的时候，仙鹤们会拍打着翅膀向前冲，嘴上碰巧会挂住几个横冲直撞的侏儒。这些小人被杂乱地撞飞到空中，然后被仙鹤们生吞活剥，消失在它们那弯曲的喉咙里，那真是一幅可怕的场景。如果安泰俄斯发现他的朋友们在战争中处于下风，便会风驰电掣地出现在他们面前，助他们一臂之力。他会举起自己的魔杖并冲着那些聒噪的仙鹤们大吼，尽快驱散它们。

一天，强大的安泰俄斯正懒洋洋地斜倚在他的侏儒朋友们中间。他的头枕着一个王国的土地，而脚却在另一个王国之中。他的朋友们则快乐地在他身上爬上爬下，摆弄着他的头发。有时，巨人会小睡个一两分钟，鼾声如雷。有一次，在巨人睡着的时候，一个侏儒爬上了他的肩膀，并朝着地平线尽头的山峰瞭望。突然，他看到远处有些不对劲，于是赶忙揉了揉眼睛，好让自己看得更清楚。他起初以为是一座山，但很快看到那山在移动。那个奇怪的东西逐渐靠近，慢慢呈现出人的形状。虽然没有安泰俄斯那么大，但在侏儒们看来无异于庞然大物。

这个侏儒拼命跑向安泰俄斯的耳旁，俯下身来冲着里面大喊道："安泰俄斯，我的兄弟！赶紧醒过来！拿上你的拐杖，有一位巨人要来和你战斗！"

"别闹了，"安泰俄斯嘟囔着，依旧是半梦半醒，"我的小家伙，我觉得你完全是在胡说八道。你难道没看见我困死了吗？地球上没有巨人值得我起来和他过招。"

但这个侏儒又仔细看了一眼，发现那个陌生的巨人正径直朝着躺倒的安泰俄斯走来。阳光洒在他金色的头盔上，如一团跳动的火焰。他那亮晶晶的铠甲在阳光下闪闪发光，他斜挎着一把宝剑，身披一张狮皮，右肩上扛着一根魔杖，看起来比安泰俄斯的松树拐杖更为粗壮，也更重一些。

此时，侏儒族的所有居民都注意到了这个新状况，数以百万计的侏儒族居民齐声高喊道:“醒一醒，安泰俄斯！振作起来，你这个懒惰的老家伙！这里来了另外一个巨人，他和你一样强壮，想要和你战斗。”

“胡说八道！”依然睡意蒙眬的巨人咆哮道，“我还没睡够，谁来我也不怕！”

陌生人依然一步步逼近，现在侏儒们可以很清楚地看到，虽然他不及巨人高，但肩膀却要宽阔得多。也就是这样一副健壮的肩膀，后来扛起了整片天空。侏儒们不停地冲着安泰俄斯喊叫，甚至用他们的剑去刺他。安泰俄斯坐起来，他打了个哈欠，嘴巴张得有几码宽，然后终于朝着侏儒们手指的方向望去。

他看到陌生的入侵者之后，立即跳了起来，一把抓住拐杖，几步就来到陌生人面前。他一边走，一边挥舞着粗壮的松树拐杖，拐杖在空中发出呜呜的声音。

“你是谁？”巨人怒吼道，“你来我的地盘做什么？回答我，你这个流浪汉。否则，我将用我的拐杖试试你的头有多硬。”

“你真是一个非常无礼的人，”陌生人轻声回答道，“在我离开之前，或许我应该教你一些做人的道理。先自我介绍一下，我叫赫拉克勒斯。我之所以到这里来，是因为这是通往赫斯帕里得斯花园最快捷的路径。我要去那里为欧律斯透斯国王采一些金苹果。”

“那你别想着往前走了！”安泰俄斯怒吼道。他曾听说过赫拉克勒斯，并因为他的强大而气愤不已。

“我会用手中这根松木拐杖教训你一下，但我不会杀死你。毕竟杀死你这样微不足道的矮子，不是一件光彩的事情。我会把你变成我的奴隶，同时你还要为我的侏儒族兄弟们当牛做马。所以，放下你的魔杖。至于你身上的那张狮子皮，我觉得给我做一副手套刚刚好。”

“来吧！看看你能不能从我肩膀上取下来。”赫拉克勒斯一边回答，一边举起了自己的魔杖。

听到这些话，安泰俄斯怒火中烧，像一座巨塔一样冲到赫拉克勒斯面前，用松木拐杖朝他狠狠砸去。赫拉克勒斯技高一筹，一把抓住松木拐杖，只是轻轻地回击了一下，安泰俄斯就应声倒地，如同一座大山轰然垮塌。巨人马上爬起来，朝着赫拉克勒斯又是重重一击。不过，恼怒让他失去了准星，拐杖径直插入大地之中，地面随之轰鸣和颤抖起来。安泰俄斯的松木拐杖深深地陷入了泥土里，不等他拔出来，赫拉克勒斯就用自己的魔杖向着他的肩膀狠狠砸去。巨人发出恐怖的哀号，声音在群山和谷地之间久久回荡，侏儒们的都城也在空气的震颤中毁于一旦。

但安泰俄斯又挣扎着爬了起来。他拔出自己的拐杖，冲向赫拉克勒斯，再一次发起攻击。

“混蛋！”他高喊道，“这一次你逃不掉了。”

但赫拉克勒斯再一次避开了巨人的打击，巨人的拐杖也随之变为成千上万块碎片。不待安泰俄斯脱身，赫拉克勒斯再一次出手，给了他致命一击。赫拉克勒斯看着依然想要站立起来的对手，用双手将他拦腰抱起，高高地举到空中。

最为神奇的是，安泰俄斯一离开地面，就开始丧失活力。赫拉克勒斯很快发现他的对手变得越来越虚弱。不仅仅是踢打越来越没有力气，原来如雷鸣般的咆哮也变成了无力的呻吟。事实上，巨人需要每五分钟接触一次地面，否则不单是他那超乎常人的力量，甚至他的生命都会一点点流失。赫拉克勒斯已经察觉到了这个秘密。如果我们遇到安泰俄斯这样的对手，这个秘诀可能也用得上。对于这些在大地母亲怀抱中长大的巨人们来说，只要他们脚踩着大地，就非常难以征服。但如果我们可以设法让他们离开地面，他们就可能很容易被驯服。

当安泰俄斯的力量和呼吸都消失的时候，他巨大的身体被赫

拉克勒斯高高抛起，然后重重地落在一英里之外的一座沙丘上，一动也不动。这个庞然大物可能现在依然躺在相同的位置，只是可能会被我们误认为是一头不寻常的大象。

看到他们的巨人兄弟被以这种凶暴的方式对待，可怜的侏儒们发出了哀号。赫拉克勒斯准备躺下来打个盹，侏儒们冲彼此眨眨眼并点头示意。赫拉克勒斯闭上眼睛之后，整个侏儒族全体出动，准备为巨人复仇。

一支由两万名弓箭手组成的队伍打头阵，他们箭在弦上，随时准备射击。另外两万名受命登上赫拉克勒斯的身体，其中一些扛着铁锹，打算把他的眼睛挖出来。另外一些则抱着干草，想要堵住他的嘴和鼻孔。但这些根本无法对赫拉克勒斯造成任何伤害，他打呼噜时会把干草吹散，他呼吸所带来的飓风会将侏儒们吹飞到空中。侏儒们意识到有必要换一些方法。

在召开会议之后，队长命令他们各自的队伍收集棍棒、稻草和干草，然后将它们堆放到赫拉克勒斯周围。与此同时，弓箭手部署就位，在赫拉克勒斯被惊醒之后，马上开始射击。一切准备就绪之后，侏儒们用火把引燃了草堆。烈火瞬间烧了起来，变得如蜡油一样滚烫，足以将赫拉克勒斯烤焦。侏儒们虽然很小，但如果想要点燃整个世界，并不比巨人困难多少。

在被烧焦之前，赫拉克勒斯就站了起来。

“怎么回事？”他一边惊呼，一边打量着自己的身体，以为是另外一个巨人的袭击。

赫拉克勒斯几乎感觉不到弓箭的袭击，他环视四周，想要知道敌人到底在哪里。最后，他好不容易才发现了脚下的侏儒们。他俯下身子，用右手的拇指和食指捏起距离他最近的一个侏儒，将他放在了左手的手掌上，然后盯着他看。

“小家伙，你到底是什么人？”赫拉克勒斯问道。

“我是你的敌人。”侏儒回答道，“你杀死了我们的巨人朋友安泰俄斯。他是我们的兄弟，也是我们的同胞，我们一定要为他报仇。”

赫拉克勒斯被侏儒的夸夸其谈和挑衅的手势逗乐了，他大笑起来，差点让这个可怜的侏儒从手里掉下来。

“我发誓，”他说道，“我曾经见过很多神奇的事情，比如说有九颗头的蛇，有三颗头的狗，还有肚子里有座炼炉的巨人。但你比他们都有意思。我的小个子朋友，你的身体只有正常人手指那么大。那么请你告诉我，你的灵魂有多大？”

“不比你的小。”侏儒回答道。

赫拉克勒斯惊叹于侏儒的勇气，于是离开了侏儒国。侏儒们在自己的国家中继续建造着小小的房子，与仙鹤们进行着小小的战争，一如往常地从事着日常琐事。

Chapter

17

丰收的号角

得伊阿尼拉（Dejanira）是希腊神话时代最美丽的公主之一。在那个古老的时代，她似乎独占了世间所有的魅力。她的头发呈现早春阳光的明亮金色；她的眼睛是如同春夜星空的湛蓝色；她的脸颊如夏日粉红色的玫瑰花瓣；她的珠宝如秋天丰硕的果实，有着令人眼花缭乱的深红、紫色和金色；她的长袍如冬雪一样洁白、柔软；她的嗓音犹如轻柔的微风、婉转的鸟鸣和潺潺的溪流。

由于得伊阿尼拉的美丽和比美丽更珍贵的魅力，世界各地的王子纷纷前来，请求她的父亲俄纽斯（Aeneus）同意将她嫁给他们做王后。对于所有的请求，俄纽斯的回答非常一致，只有最强壮的人才能配得上公主。

于是，这些彼此不熟悉的王子们在竞赛和摔跤中接受了重重考验，以证明自己的才智和力量。但他们一个接一个落败，只剩下两个人坚持到了最后。一个是赫拉克勒斯，他的力量足以扛起头顶的天空。另外一个是河神阿刻罗俄斯（Achelous），他引导着溪流在田间蜿蜒，让土地变得肥沃。他们每个人都认为自己要比对方更强大，更有资格迎娶公主。

赫拉克勒斯有着庞大的身躯和惊人的力量。他那粗浓但略显杂乱的眉毛之下，是犹如火球一样的眼睛。他身披一张狮子皮，用一棵小树做魔杖。但聪明的阿刻罗俄斯会在赫拉克勒斯的巨大手指之间闪转腾挪。他如柳树一样苗条而且优雅，衣服也是用绿叶制作的。他的金色头发上戴着用睡莲制成的冠冕，手里拿着一根使用芦苇编织而成的魔杖。阿刻罗俄斯说话时，声音就如同溪水流淌一般悦耳。

“得伊阿尼拉公主是属于我的，”阿刻罗俄斯说道，“我会让她成为河流王国的王后，河流的乐章每天会萦绕在她耳旁。而我所到之处会带来丰收，这也会让她变得富有。”

“闭嘴！”赫拉克勒斯高喊道，“我是地球上的力量之王。得伊阿尼拉公主是我的，你不配拥有她。”

听到这些话，河神非常生气。他身上的绿色长袍变成了黑色，如同暴风雨下的海洋一般。他的声音也变得像山洪一样响亮。在被激怒时，阿刻罗俄斯就会变得几乎和赫拉克勒斯一样威武。

“你哪来的胆量觊觎这个高贵的少女？”他咆哮道，“你身上流淌着凡人的血，而我是神，是江河的主宰！我到过的任何地方都会迎来谷物和水果的丰收、花蕾的萌发和花朵的绽放。我将获得得伊阿尼拉公主，这是天经地义的！”

赫拉克勒斯皱着眉头逼近河神。“你只会夸夸其谈而已，”他轻蔑地说，“我的手臂里面满是力量。要想赢得得伊阿尼拉，那我们就来一场肉搏战。”于是，河神脱掉了他的衣服，赫拉克勒斯也将狮子皮毛扔到一旁。两人开始了争夺公主的殊死搏斗。

那是一场属于勇敢者的战斗。他们谁也没有屈服，而是坚守阵地。赫拉克勒斯屡次尝试用强有力的手掌抓住阿刻罗俄斯，但都被他灵活地躲开了。但英雄的力量实在是过于强大，过于依赖敏捷的河神最终节节败退。赫拉克勒斯迅速抓住河神的脖子，让他喘不过气来。

随后，阿刻罗俄斯开始使出障眼法。他将自己变成一条长长的、黏糊糊的毒蛇，从赫拉克勒斯的手中溜走。随后，他冲着赫拉克勒斯吐出分叉的舌头，并露出了尖牙。但赫拉克勒斯并未放松警惕，轻蔑地冲着毒舌冷笑了几声，再次抓住它的脖子，准备将它扼杀。

阿刻罗俄斯再次挣扎，却没有成功逃脱。他不得不再次施展魔法，一瞬间从毒蛇变成了凶猛并且咆哮着的公牛。公牛低头用牛角抵住赫拉克勒斯，但英雄依然没有屈服。他一把抓住牛角，将它的头扳向一旁，然后抱住它粗壮的脖子，反身将它摔倒在地，公牛的牛角深深地陷在地面之中。随后，赫拉克勒斯用他强壮如铁钳的手将一只牛角掰下，高举着它大喊道："我赢了！得伊阿尼拉公主是我的了！"

阿刻罗俄斯被打回原形。他痛苦地呼喊着，从决斗的城堡中跑出，一直到跳入冰冷的溪水中才停下来。赫拉克勒斯的胜利是光明正大的，因为他凭借的是手臂的力量，而不是阴谋诡计。

得伊阿尼拉公主和谷神刻瑞斯来到赫拉克勒斯的身旁，准备给胜利者以应得的奖赏。

装满了诸神对赫拉克勒斯与得伊阿尼拉的祝福的丰收号角

刻瑞斯拿起赫拉克勒斯从阿刻罗俄斯头上取下的牛角，将里面装上当年所收获的宝藏——成熟的谷物、紫色的葡萄、玫瑰色的苹果、李子、坚果、石榴、橄榄和无花果，直到它盛不下了为

止。森林女神和水中女神们也赶了过来，她们使用藤蔓缠绕牛角，并使用深红色的叶子和当年最美丽的鲜花装点它。随后，她们将这第一只丰收号角高举过头顶，献给赫拉克勒斯和美丽的得伊阿尼拉作为结婚礼物。这是众神能够制作的最丰盛的礼物，里面装满了当年的收获。

从古老的希腊神话时代开始，丰收号角就一直代表着对人们年年有余的祝福。

Chapter 18

青蛙们错过的神迹

拉托娜（Latona）生了一对非常漂亮的双胞胎婴儿，众神的王后朱诺对此嫉妒不已。或许朱诺拥有未卜先知的能力，预料到拉托娜的孩子长大之后，将会取代她和朱庇特在奥林匹斯山众神中的地位。

这对双胞胎到底是何方神圣？呃，这个问题的答案将在故事的结尾揭晓。

只要是心中所想，朱诺几乎都有能力去实现，不管是善还是恶。于是，朱诺下令让这个母亲永远没有固定的居所养育她的孩子。如果有哪位热情好客的农民在他的屋舍内为这对双胞胎提供庇护和摇篮，那么干旱会立刻席卷他的土地，让他的作物颗粒无收；或者他的果树会遭受冰雹的袭击，让他的家庭没有食物果腹。如果拉托娜在葡萄园面前停下来，将孩子放在藤架下的阴凉中，自己去帮助他们摘葡萄，那么可能会瞬间刮起大风，将整个葡萄园掀翻，所有人只能四散逃命。

于是，拉托娜只好带着年幼的孩子颠沛流离。她用斗篷将孩子包裹起来，尽量让他们免受风吹雨打。曾经，她希望她的幼子和幼女长大后能成为儒雅的绅士和高贵的妇人，但现在连她自己都筋疲力尽，看不到希望。

一天，在炎夏热浪的裹挟下，拉托娜来到了希腊的利西亚。她看起来似乎连一步都挪不动了——婴儿的重量压得她喘不过气，而且她有很长时间没有喝过一滴水了。就在此时，她发现山谷的空地中有一片清澈的池塘。利西亚的一些村民正在池边采集芦苇和细柳条，那是他们用于编织水果篮的材料。拉托娜拼尽最后一丝力量，拖着疲惫的身体来到池塘边。她跪在岸边饮水，并用手舀了一些水为婴儿的头部降温。

“走开！”村民命令道，“你没有资格触碰我们的水！”

“我只想喝点水，善良的朋友们，”拉托娜向他们解释道，“我认为每个人都有资格喝水。我的嘴干得几乎说不出话了，能喝一点水对我来说犹如蜂蜜一样甘甜。众神将阳光、空气和溪流作为共同财产赋予我们，现在我只是想喝一点水，让自己恢复精神，又不是想霸占着池塘沐浴。大家看一看吧，我的孩子也正向你们伸出双臂，请求你们发发慈悲。”

事实的确如此。拉托娜的孩子们恳切地伸出双臂，但是那些乡下人视若无睹。不但如此，他们走进池塘，用脚将水搅得浑浊不堪，再也不适合饮用。他们一边这样做，一边嘲笑拉托娜的狼狈和窘迫。

作为一名母亲，拉托娜已经隐忍很久了，但她觉得这种不友善是忍无可忍的。于是，她高举双手朝着众神的居所，请求他们的帮助。

“让那些不愿对神的后代伸出援手的乡下人受到惩罚吧！”拉托娜恳求道，“让他们永远无法离开这片被玷污了的清澈池塘！”

众神（可能也包括朱诺）听到了拉托娜的恳求。然后，可能是所有神话故事中最为离奇的一桩事件发生了。

那些村民试图走出池塘，继续进行编织篮子的工作。但他们发现自己的脚突然变得扁平，失去了原来的形状，并且陷入淤泥中无法拔出。他们大声呼喊着寻求帮助，但他们的声音变得刺耳，喉咙也变得臃肿，嘴巴向前突出，已经无法说出人类的语言。他们的脖子消失不见，脑袋和后背紧紧连在一起，上面还顶着突出的大眼睛。他们的身体由厚厚的绿色皮肤包裹着，再也无法直立起来。

正如拉托娜所请求的那样，这些粗野且冷漠的丑陋村民再也没有离开过他们所践踏过的泥泞水塘。众神已经将他们变成了世界上最早的青蛙。

“对于嘲笑陌生人这种轻微的冒犯，这样的惩罚的确是可怕的。”在接下来的季节里，每当利西亚的居民来到池塘和河流旁边，听到青蛙那无休止的沙哑呱叫声时，就会这样对彼此说道。河神佩纽斯（Peneus）和他的女儿达芙妮（Daphne）也了解了这些青蛙的来历。达芙妮最喜欢沿着一些溪流飞行，她那犹如精灵一般的脚在空中舞蹈，柔软的绿色衣服在她身旁飞扬。每当此时，她都觉得没有什么比这更快乐的了。

与其说达芙妮是一个女孩，倒不如说她是树林中的精灵。与待在宫殿屋顶下相比，她更情愿生活在树叶的阴影下。她喜欢追随着鹿的踪迹，而不喜欢和村子里与她年龄相仿的男孩女孩打交道。她的美丽是全希腊哪怕最美丽的女孩都无法企及的。她的长发如轻纱一样披在肩上，眼睛如星星一样温柔和善良，她的体态优雅，就如同一只稀有的精致花瓶。

当时，人们曾看见有一位奇怪的年轻人出没于森林和属于河神的领地河堤中。他和达芙妮一样白皙和优雅，但也有着一些不寻常之处。白天他走过的地方，路上似乎洒下更多的金色阳光。如果他驻足和牧羊人攀谈，就没有狼胆敢袭击羊群，连山中的狮子也敬而远之。他亲手为自己制作了一把七弦竖琴，琴弦所发出的美妙音符是希腊人从未听过的。他拨动琴弦，弹奏出一支乐曲，这支乐曲描绘的是他邂逅林中仙女达芙妮时牧场和树林的情景。

年轻人之前就见过达芙妮。她沿着河流和小溪的堤岸轻盈地跑过，就如同被风吹动的绿色枝条。他觉得自己这辈子都没见过如此美丽的生灵。但每当达芙妮无意间瞥见这个强壮的年轻人时，都会惊恐万分，然后马上躲开。尽管如此，年轻人依然下定决心追上达芙妮，去一睹芳容。他放下了自己的竖琴，开始追着达芙妮跑。然而，达芙妮似乎是有意要避开他，跑得甚至比风还快。

“请停下来，河神佩纽斯的女儿，”他高声喊道，“请不要逃，就像是鸽子见了老鹰一样。我不是一个粗野的农夫，而是一个神。我知晓所有的事物，不管是现在还是未来。我是因为爱慕你才追赶你，我也很担心你会被石头绊倒而摔伤，那样我是不会原谅自己的。所以请你慢些跑，我也慢些追。”

但达芙妮对他的话充耳不闻，依旧加速奔跑。在跑动中，风吹动着她绿色的衣服，秀发松散地在她身后飞舞。最后，就像是迅猛的猎犬追赶野兔一样，年轻人的速度更快一些，成功抓住了她。他大口喘着气，达芙妮的脖子能感受到他气息的温度。她是如此惊恐，以至于不敢停下来。否则，她就会了解到年轻人的良苦用心和他的友善。

最后，她来到了小溪边。

她的一侧是呱呱叫的青蛙和芦苇，在远处是更深的水域，另一侧则是她的追求者。达芙妮呼叫她的父亲河神。

“帮帮我，父亲！将土地打开，让我进去。我不想看到任何东西，也不想听到任何声音！”

但这位司掌光明和音乐的神认为达芙妮最好不要这样做。他触碰了一下达芙妮的身体，达芙妮的身体随之变得僵硬，双脚牢牢地嵌在了堤岸上。接着，她的身体被柔软的树皮包裹起来，头发变成了树叶，修长的手臂变成了树枝，脸变成了树冠的形状。达芙妮所变成的这棵树是之前从未在地球上出现过的绿色月桂树。

年轻的神端详着这棵树，对自己亲手改造的林中仙女感到满意。这棵树永远不会褪色，而且绿色的树冠会一直向着天空的方向生长，感受他洒下的万丈光芒。当微风拂过月桂树的树叶时，它们会发出如他的七弦竖琴一样美妙的音乐。

“看看我给自己心爱之人达芙妮带来什么样的美丽！”他高声喊道。森林中走出一位勇敢的年轻女猎手，身旁带着一头非常勇敢的鹿。这是年轻人的妹妹戴安娜。她将箭袋挂在月桂树上，将鹿领到树干下面休息。

“这是属于我的树。”年轻人一边说一边将手放在月桂树上，

戴安娜来到月桂树下

“我将用它编织王冠，当伟大的罗马征服者取得胜利并带领部队回到都城时，我将用这棵月桂树编织的花环犒赏他们。我代表永恒的青春，因此月桂树应该是长青的，它的叶子永远不会枯萎。”

太阳开始落到山的那一边，看着光线一点点消退，年轻人陷入惊恐之中。在白天，他可以给月桂树带来光明，但到了晚上，他没有能力守护它的安全。就在此时，一个银色的光球从玫瑰色的天空中冉冉升起，并且投下白色的光束照亮了昏暗。

“戴安娜，快看，傍晚的天空中多了一盏灯！”年轻人惊呼道。但他的妹妹已经悄然离开了，女猎手戴安娜变成了皎月女神戴安娜。她将光芒洒落在她的哥哥——太阳之神阿波罗所钟爱的月桂树上。

河边的青蛙依然在聒噪地叫着，但他们无法理解身边发生的神迹。当他们还是愚钝的村民时，同样错过了另外一个。现实生活中不乏和他们一样的人，看到衣衫褴褛、筋疲力尽的陌生人和她怀中同样疲惫不堪的婴儿时，他们不屑于伸出援手。但谁又能知道这些婴儿是太阳之神阿波罗和皎月女神戴安娜呢？

Chapter

19

法厄同的战车轰然驶过

“别吹牛了，法厄同（Phaeton），我永远也不可能相信你的父亲是光明之神阿波罗。”法厄同刚骄傲地宣布完这一消息，他的同学库克诺斯（Cycnus）便反驳道。

“这是千真万确的。”法厄同回答道，“你之所以不相信，是因为我独自一人在希腊，被一位森林女神照顾，并像所有希腊男孩一样学习功课。不过，我会证明给你看的。我会回到众神之地，回到我的父亲身边。”

对于这个从未离开过家乡的年轻人而言，这的确是一个大胆的计划。法厄同决定首先前往印度，因为在他看来那是照亮希腊的太阳升起的地方。他确信会在太阳宫找到阿波罗，所以他没有停下脚步，直到经过崇山峻岭攀上陡峭的云层到达更高的位置。在那里，法厄同不得不停下脚步，用双手遮住眼睛，以挡住那些令他炫目的光芒。闪亮的柱子在空中高耸，太阳宫殿就伫立在他面前。

宫殿镶嵌着闪闪发光的黄金和宝石，法厄同穿过厚重的银色大门进入宫殿。他曾听人说过，设计阿波罗宫殿的伏尔甘有着精湛的工艺，但当他站在正殿抛光的象牙天花板下面时，发现其中的美妙超乎他的想象。

阿波罗身穿皇室的紫色长袍，端坐在王座之上。他的王座闪闪发光，仿佛是用一整块巨大钻石切割而成的。侍从们站在他的周围，他们的任务是辅佐阿波罗将地球打造成适合人类居住的幸福、富饶之地。阿波罗的左右两侧分别站着时间之神和季节之神。其中，时间之神包括日神、月神、年神和以固定间隔列队的时神。四个季节神中，春神头戴鲜花编成的花环；夏神头戴由成熟的谷穗编成的花环；秋神站在阿波罗的身旁，脚上沾着葡萄汁；冬神的头发染上了风霜，因此显得僵硬。对于阿波罗而言，整个世界是没有秘密的，因此法厄同一进入大殿，阿波罗就注意到了他。

“你来这里干什么，你这个鲁莽的家伙！”他严厉地问道。

法厄同走上前，跪倒在王座脚下。

“哦，我的父亲，广阔世界的光明之神！”他说道，“我想让别人知道我是您的儿子。请为我作证，这样我就可以给凡人和众神展示我不是凡人的身份，并且因您在奥林匹斯山上获得一席之地！”

听到年轻人的请求，阿波罗十分高兴。他摘下头戴的闪着明亮光束的冠冕，将它放到一旁，然后张开双臂拥抱了法厄同。

“我的儿子，你的地位不应该被剥夺，”他回答道，“为了让你不再心存疑惑，有什么要求尽管提，想要什么礼物我都可以给你。”

这真是太棒了！法厄同连做梦也没想到能得到如此慷慨的恩赐。但和当今世界很多男孩一样，法厄同雄心勃勃并有些肆无忌惮，自认为可以顺其自然地继承父亲的工作，殊不知父亲获得的成功需要大量的技能和经验。他很快就想到了自己最想要的东西。

“父亲，我能不能开一开您的战车？就一天。”法厄同恳求道。

阿波罗有些吃惊，但还是拒绝了。

“坦白地说，”他说道，“我必须拒绝你这个要求。这是危险的冒险，或者说你的年纪和力量并不适合，法厄同。你的手臂和凡人没有差异，但驾驭战车需要超越凡人的力量。你所希望的是甚至神都无法完成的事情。除了我，没有人可以驾驭这辆熊熊燃烧的太阳战车，甚至是可以用右臂发出可怕霹雳和闪电的朱庇特也不行。”

“为什么会这么困难？”法厄同问道，依然心有不甘。

阿波罗非常耐心地向他解释。

“穿过天空中的战车路线并非易事，”阿波罗说道，“道路的起点非常陡峭，以至于即使是早晨彻底恢复精力的马匹也得费劲爬上去。道路的中段高悬在天上，非常狭窄，连我看到地面和河流时都会感到眩晕。道路的最后一段急速下降，最需要驾驶技巧。除了常规驾驶，还要面对繁星闪烁的旋转天空。我必须时刻保持警惕，以免被这些横冲直撞的星星追赶或挤出路线。你说，如果我把战车借给你，你一个小孩能驾驭得了吗？宇宙中所有的星球都绕着你转，你能保证不偏离方向吗？”

“我相信我能做到，父亲。”法厄同大胆地回答道，“您说的话并不能让我退缩。我有强壮的手臂和高度的警觉，可以胜任驾驶。除此之外没有其他危险了，是吗？”

“还有更危险的呢！”阿波罗回答道，“你想到过会穿过凉爽的森林和白色城市、众神的住所、宫殿和寺庙吗？这条路上还有很多可怕的怪物：弓箭手会攻击你，狮子的血盆大口会吞噬你，蝎子会向你伸出触手，巨大的螃蟹会用可怕的蟹钳攻击你。此外，你会发现管理马匹也不是一件容易的事，它们的胸膛充满了熊熊燃烧的火，并通过鼻孔喷出火焰。当它们不受控制的时候，连我都很难控制住缰绳。”

“在雅典的一场比赛中，我曾经驾驶过战车，”法厄同吹嘘道，“当野兽靠近竞技场时，我的骏马同样是几乎不受控制的。”

阿波罗最后一次试图说服儿子。

“别去想穿越宇宙的事情了，我的儿子，”他郑重地说道，“你可以选择陆地或海上最珍贵的东西。我会证明你是我的儿子，但请收回你的鲁莽请求。”

“我只有一个愿望，那就是驾驶太阳战车。”法厄同倔强地回答道。

阿波罗别无他选，因为神永远不会违背自己的承诺。他不发一言，将法厄同带到了他豪华的马厩前，那里停放着他那架气势恢宏的战车。

战车是伏尔甘送给阿波罗的礼物，使用黄金打造。不仅是车轴，连车辕和车轮也都是黄金制成的。轮辐则采用最闪亮的白银。座位上镶嵌着一排排的金碧玺和钻石，反射着太阳的耀眼光芒。阿波罗下令时神们给马匹套上挽具。他们将饱食神仙佳肴的马匹从马厩中牵出来，套上了缰绳。法厄同豪情满怀地放眼望去，黎明之神已经打开了东方的玫瑰色大门，在他的面前铺就一条玫瑰色的大道。他坐在战车上，挽起了缰绳。

阿波罗将强效油膏涂抹在儿子脸上，使他能够承受太阳的炙烤，然后将阳光投射到他的头顶，悲伤地说道：

阿波罗的战车

“千万不要莽撞行事，务必将缰绳抓得比以往都紧，也不要轻易挥鞭子。这些骏马本身跑得就很快，最大的困难是去驾驭它们。不要往前直走，你应该向左转。你会看到我之前的车辙，它们将引导你前进。一定要保持最恰当的中间高度，不能跑得太高，否则你会把天上的众神居所点燃；也不能跑得太低，否则你会烧到大地。黑夜之神刚刚从西门离开，所以你不能再拖延了。启动战车吧，希望一切如你的计划。”

法厄同站在金光闪闪的战车上，拾起缰绳，战车如离弦之箭一样飞奔出去。

一瞬间，那些喘着粗气的暴烈骏马发现战车比以往都轻，于是它们嘶鸣着冲出云层。虽然法厄同坐在战车上，但骏马几乎感受不到他的重量。战车像海面上一艘没有压舱物的船一样被抛起来。骏马们跨越了天空的边界，面前是一望无垠的宇宙平原。它们拉着战车偏离了阿波罗的既定路线，法厄同却对此无能为力。他低头看着脚下的地球，面如死灰，膝盖惊恐地颤抖着。于是，他将目光转向面前没有任何道路的天空，却更加惊恐地发现自己好像正处于风暴的中心，周围都是巨大怪物：弓箭手、大熊、狮子和螃蟹等。阿波罗警告过的所有怪物都出现了，当然还有他没有提到的那些。

法厄同真希望自己从未离开过地球，也没有向父亲提出如此大胆的要求。他六神无主，不知道是该拉紧缰绳还是稍微松一松，甚至忘记了这些骏马的名字。最后，他看到一只巨大的蝎子，高举着两个钳子，露出散发着臭气的毒牙，拦住了他的去路。法厄同感到深深的绝望，手中的缰绳滑落下来。骏马感觉到缰绳的松动，就一头扎进了未知的宇宙深处，现在它们依然高悬在星空之中。随后，战车被径直抛向地面。

山顶燃起了熊熊烈火，云层也冒出了黑烟。树木茂盛的枝条被烧毁，庄稼被付之一炬，土地也因为热浪的炙烤而干裂。整个世界陷入一片火海之中，伟大城市的美丽塔楼和高墙也轰然坍塌，很多国家的人民都被烧成了灰烬。尼罗河也逃离了原来的位置，将源头隐匿于沙漠之中。据说，至今人们也找不到它的源头。干旱导致海面急剧下降，原来是一片汪洋的地方变成了干燥的平原，原来被海水淹没的山脉成了一座座岛屿。即便是海神尼普顿准备浮出水面的时候，也被灼人的热浪赶了回去。大地女神抬头望向奥林匹斯山，呼唤朱庇特的帮助。

众神决定采取行动。朱庇特登上他存放闪电球的高塔，并召集雨云笼罩在地面上。随后，他往四周投掷下闪电球，并用右手瞄准法厄同发出一道闪电。闪电击中法厄同，他应声跌落战车，在空中向下坠落。他拖着一道火光，如同一颗流星，坠落到地球上一条最大的河流中。河水没能熄灭法厄同身上的火焰，他再也没有机会看到太阳宫殿了。他的鲁莽并没有给自己带来荣耀，反而让他走向了毁灭。

法厄同的朋友库克诺斯站在河边，为他深深地哀悼。库克诺斯甚至还潜入水底，希望能把他带回地面。但这一举动激怒了众神，他们将库克诺斯变成了一只不停游泳的天鹅。它的头始终垂向水面，似乎依然在寻找从空中坠落的驾车者。

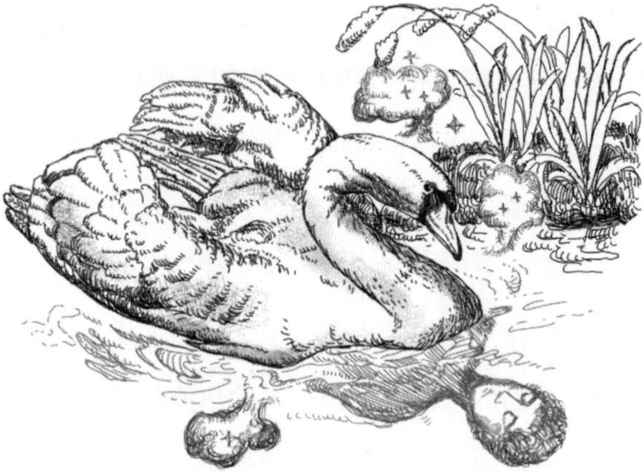

众神将库克诺斯变成了一只不停游泳的天鹅，它的头始终垂向水面，
似乎依然在寻找从空中坠落的驾车者

海中的贝壳也开始讲述法厄同的故事。如果你将它放在耳边，会听到它哼唱的太阳宫殿失去一位年轻人的挽歌。这个年轻人驾驶着光之战车走向了灭亡，只因他过于自负，而没有顾及他人。

Chapter

20

牧人阿波罗

阿波罗彻底激怒了父亲朱庇特。因为作为光明之神的他，已经和朱庇特的意志背道而驰。

只要是认为应当受到惩罚，朱庇特就会使用雷电球进行攻击，这是他的特权。为此，他让独眼巨人库克罗普斯们夜以继日地在群山深处锻造，以确保源源不断地供应雷电球给他。一天，朱庇特发出的霹雳击中了希腊人埃斯科拉庇俄斯（Aesculapius），一位几乎可以用草药治愈凡人任何疾病的神医。埃斯科拉庇俄斯精湛的医术给人们带来了如此多的快乐和希望，因此阿波罗认他为养父，并对他悉心照料。阿波罗为朱庇特给埃斯科拉庇俄斯带来的伤害而愤愤不平，并且做出了在凡人看来非正常的报复行动。他将怒火发泄在了最薄弱的环节，将箭对准了无辜的独眼巨人们，并射伤了好几个人。

朱庇特不允许有人以这种方式挑衅自己的权威，他必须要惩罚阿波罗。因此，他将阿波罗下放到凡间，作为牧人为塞萨利国王阿德墨托斯（Admetus）提供服务。

让一位神穿着牧牛人的黑色斗篷在塞萨利郊外的草地上放牧牛群，本身就是一件颜面扫地的事情，尤其是阿波罗这种曾经生活在太阳宫殿中的神。阿波罗的纤细双手实在不适合干耕种、播种和收割这样的粗活，何况又是如此卑微的工作。但他非常细心地照料这些牛，并从中找到了乐趣。在放松的时候，他无意中发现了一只空龟壳，于是找来一些线当作弦，将它改造成一把乐器。然后，他用修长的指尖拨动琴弦，弹奏出美妙的乐曲。这是有史以来的第一把诗琴，阿波罗每天都要弹奏它。听到这些乐曲，阿德墨托斯国王专门走出宫殿，来到长满苔藓的岸边，坐在阿波罗身旁听他弹奏。但是，阿德墨托斯国王看起来非常阴郁，哪怕是最为甜蜜的音符，也无法让他振奋起来，甚至无法让他不再悲伤。

“是什么让您如此忧伤，我的国王？”阿波罗终于开口问道。

“我仰慕邻国公主阿尔刻提斯（Alcestis）很久了，我希望她能够成为我的王后，”阿德墨托斯国王解释道，“但她提出了一个古怪的要求。她要求追求者带着狮子和熊拉的战车出现在她面前，这样她才会跟着他回家。阿尔刻提斯不会以任何其他方式跟我走，而我根本无法驾驭野兽去拉动战车。”

阿波罗不禁对这位任性公主的异想天开感到好笑。无论走到哪里，他都希望给别人带来幸福，因此他决定满足公主的要求。他带着他的诗琴来到牧场和森林的交界处，并在那里弹奏了一支足以驯服任何野兽的优美乐曲。随后，两只狮子和两只熊走出森林，而且像绵羊一样温顺。国王将它们套在一辆镀金的战车上，兴高采烈地驶向阿尔刻提斯所在的地方。看到两人携手而归，阿尔刻提斯被加冕为塞萨利女王，阿波罗感到由衷的高兴。

眼看阿德墨托斯即将迎来王国的太平盛世，但就在迎娶王后之后不久，他便患上了一场致命的瘟疫。医生埃斯科拉庇俄斯对国王的病也爱莫能助，似乎国王已经无力回天。但是他的牧人，来自神界的阿波罗再次伸出了援手。阿波罗无法彻底清除瘟疫，但他下令国王必须要活下来，前提是有人愿意全心全意地照顾他，并代替他去死。

阿德墨托斯喜出望外。他记得那些朝臣在自己面前做出过誓死效忠他并愿意为他牺牲的誓言，认为马上就会有人挺身而出，愿意为他们的国王牺牲自己的生命。但没有一个人站出来。那些最勇敢的战士虽然愿意在战场上为国王献出生命，但实在没有勇气替病床上的国王去死；那些从年少时就开始接受国王和他父亲慷慨恩赐的老臣们，也不愿意因此而放弃余生的荣华富贵。他们每个人都希望别人做出牺牲。

“为什么阿德墨托斯的父母不肯为自己的儿子献出生命？”有人问道。但是，两位老人觉得他们不能忍受骨肉分离之苦，即便是很短的时间。所以，他们也希望让别人代劳。

这该怎么办呢？对于阿波罗而言，命令一旦下达，就是不可撤销的，他和命运之神好说歹说，才争取到这个机会。除了这种牺牲，阿德墨托斯别无他选。

随后发生了一件非常神奇的事情。曾经的邻国公主阿尔刻提斯，虽然之前有过乘坐狮子和熊拉的战车这种幼稚想法，但在成为塞萨利王后之后变得聪明仁爱，从来没有人想到她可以在众神面前为国王做出牺牲，但王后毅然决然这样去做。随着她的病倒，国王恢复了以往的健康和活力。

在塞萨利所有为阿尔刻提斯的病倒感到悲伤的人群中，最难过的莫过于阿波罗。阿尔刻提斯以前经常来到他放牧牛群的草地，坐在岸边听他用诗琴弹奏美妙的乐曲。她总是带着由野花编织的花环，她觉得那比王冠更加舒服。这一次，阿波罗也束手无策。他已经被驱除出众神的议事会有一段时间了，无法召唤医神埃斯科拉庇俄斯来帮助他。

他知道只有足够强大的力量才能让阿尔刻提斯从昏迷中苏醒，而不是像现在一样，既不能动也不会说话，而且原本红润的脸色变得苍白。他知道赫拉克勒斯是所有英雄中最强大的，并且他已经完成了别人认为根本不可能的壮举。阿波罗在想，赫拉克勒斯是否同意挽救阿尔刻提斯，特别是他现在只是一个地位低下的牧人的情况下。

然而，赫拉克勒斯答应了阿波罗的请求。他扼守住宫殿的大门，在死神打算闯进去取走阿尔刻提斯性命时，赫拉克勒斯与他展开了角斗，并将他掀翻在地。阿尔刻提斯从虚弱中恢复过来，脸颊恢复了昔日的红润。由于赫拉克勒斯在关键时刻出手帮助，阿尔刻提斯和阿德墨托斯都死里逃生。

因此，对于很多人来说，终有否极泰来的那一天。在被放逐地球的期限结束后，阿波罗回到了奥林匹斯山。他悠扬的诗琴声让缪斯女神们大加赞赏。阿波罗甚至请求父亲朱庇特对埃斯科拉庇俄斯格外开恩，在通往天空的星光大道上，让医神也有了一席之地。

Chapter

21

神从人愿

很久以前的希腊神话时代，在一个炎炎夏日，弗里吉亚（Phrygia）小镇上的每一户居民都听到了一阵敲门声。每个人在开门时都会看见两名疲惫不堪的陌生旅人，他们希望得到一些食物，并且想要留宿一晚。

无论多么卑微，每个人都应对陌生人伸出援手，这是人们从神庙中获得的基本教义。弗里吉亚人却热衷于自己享乐而对别人漠不关心，他们早就将好客之道抛在脑后。至于他们的神庙，也早已破败不堪。

所以，所有人都用同样的借口打发走了这对陌生人。“滚开！我们的食物只够自己吃，除了我们自己家人，也没有任何房子可以住人了。”

下午过去了，天马上就要变黑了。两个陌生人疲惫不堪又饥肠辘辘。他们爬上村子边上的一座小山，发现树林中有一座小屋。这是一个非常破败的小稻草屋，几乎刚好容纳下两位年迈的农民——腓利门（Philemon）和他的妻子博西斯（Baucis）。陌生人敲了敲门，门应声而开。

“我们来自一个遥远的国度。”看起来较为年长的陌生人解释道。

“从昨天开始，我们就没有碰过食物。”那个可能是儿子的年轻人补充道。

“你们可以将就着吃一些，”腓利门说道，“我们和屋檐上的鸟儿一样贫穷，但是我的老伴儿博西斯可以准备一点吃的东西。如果你们饿了，或许可以缓解一下。”

两位客人跨过破烂的门槛，低头避开低矮的门楣进入屋子。博西斯请他们坐下，并让他们别客气。

天气很冷，老妇人从煤灰中拣出没有烧尽的炭，用树叶和干燥的树皮盖住，用她微弱的气息吹燃了火焰。随后，她从一个角落里拿出仔细保管的小棍棒和干树枝，将它们放在水壶下的炉火中。接着，她在桌子上铺了一块白布。

当博西斯做这些准备工作时，腓利门到他们的小花园中采集了最后一罐野菜。博西斯将野菜放在水壶中煮沸，腓利门从最后一片培根中切下一小块放进野菜中调味。榉木盆中装满了让陌生人洗脸提神的温水。最后，博西斯颤抖着把菜端到桌上。

客人们坐在小屋中唯一的长凳上，博西斯还细心地在凳子上放了一个垫子，并在垫子上铺了一块古老而粗糙，只有在重大场合使用的绣花布。桌子的一条腿比其他的要短，但是腓利门用一块扁平的石头将它垫平了。博西斯又用散发着甜味的野菜将整张桌子擦拭了一遍，然后才将食物端到陌生人面前——煮熟的美味野菜、密涅瓦野生丛林中的橄榄、一些用醋腌制的甜浆果、奶酪、萝卜和在煤灰中烤熟的鸡蛋。这些食物被盛放在陶土制成的盘子中，客人旁边还摆着一个陶罐和两个木杯。

或许没有比这更让人有食欲的晚餐了，两位老农的热情招呼让它看起来更加美味。客人们早已饥肠辘辘，马上狼吞虎咽起来。他们将所有的菜都吃光之后，博西斯端来一碗粉红色苹果和一巢野生蜂蜜作为甜点。她注意到两位客人似乎非常喜欢他们的牛奶，但心中不由得担心起来。牛奶桶里本来就快见底了，两位客人却一次次将杯中的牛奶喝光，使她不得不一次又一次为他们斟满。

“他们喝完肯定还会再要的，”博西斯心想，“但牛奶已经一滴不剩了。”

然后，老妇人心中顿生恐惧和敬畏。她的视线越过较为年长的陌生人，扫了一眼牛奶桶，结果惊讶地发现它装满了牛奶！年长者给同伴倒了一杯，在把牛奶桶放下时，它又自动变满。博西斯知道奇迹发生了。突然，两位陌生人站起来，瞬间褪去了伪装的年龄和风尘仆仆的行头。他们是众神之神朱庇特和他那长着翅膀的儿子墨丘利！

在认出这两位来自天上的客人之后，博西斯和腓利门诚惶诚恐，拜倒在两位神的脚下。他们将颤抖的双手合在一起，乞求神原谅自己的怠慢。

他们养了一只老态龙钟的鹅，用来守护小屋，但现在，夫妇二人觉得有必要杀了它作为献给朱庇特和墨丘利的祭品。然而，大鹅机警地跑开了，并向两位神寻求保护。

“不要杀它，”朱庇特下令道，“你们的热情好客无可挑剔，这个冷漠的村庄将会因人们的狂妄而受到惩罚，但你们会毫发无伤。快来看看下面的山谷发生了什么。”

博西斯和腓利门走出小屋，与神一起沿着山坡往下走了一段路。在夕阳的最后一抹光影之中，他们看到下面的村民咎由自取的后果。村庄已经完全消失，整片山谷变成了一片蓝色的琥珀，周围是荒凉的沼泽。沼泽中有许多水塘，一些沼泽中生活的鸟类尖叫着从上面掠过。

“所有的房屋都没了，除了我们的！”腓利门倒吸了一口凉气。

随后，他们转过身去，看到自己的小屋也消失了。不过它并没有被摧毁，而是焕然一新。庄严的大理石柱取代了木柱，简陋的茅草屋顶也变成了金色的屋顶。屋子铺着嵌花的马赛克地板，装有宽大的白银门，上面有黄金装饰和雕刻。他们原本勉强容纳两人的小屋，现在的高度和规模已经接近一座神庙，镀金的尖顶直冲云霄。博西斯和腓利门因充满敬畏而说不出话来，这时朱庇特开口了。

“你们还想要什么样的来自神的礼物，善良的人们？无论你们想要什么都值得被满足。”

两位老人商量了一会儿，腓利门向朱庇特提出了一个请求。

“我们希望成为这座神庙的守护者，伟大的朱庇特。在这里，我们相濡以沫地度过了生命中的大部分时光，我们希望可以永远留在这里，永远不会分开。”

腓利门的话音刚落，便听到朱庇特说：“你的愿望实现了。”说完这些话，两位神便从他们面前消失了，空中只留下一条长长的紫色光柱，如同朱庇特的长袍，旁边是两朵翅膀形状的云彩，那是墨丘利留下的印记。

博西斯和腓利门进入神庙，作为守护者相依相伴地共度了余生。春日的一天，这对已经老态龙钟的伴侣并排站在神庙前的台阶上，看着大地重新披上绿装。就在此时，另一个神迹发生了。

他们因年迈而驼曲的后背变得挺直，衣服上覆盖着绿色的树叶，每个人的头上都长出了一个枝繁叶茂的树冠。他们试图说话时，却发现自己被裹上了一层厚厚的树皮。他们变成了两棵庄严的大树，一棵菩提树和一棵橡树，伫立在神庙前，继续守护着它。因为心存敬畏，他们得到了神最好的安排。

博西斯和腓利门变成了两棵庄严的大树，
一棵菩提树和一棵橡树，继续守护着神庙

Chapter

22

雅辛托斯和风信子

无论是王室成员还是运动员、乡村民众，还是城镇的音乐家、圣人、商人，人们都行进在前往苍翠的帕纳塞斯山的路上。在那个古老的神话时代，希腊古都特尔斐就坐落在那里。国王乘坐着装饰华丽的战车，拉车的是皇家马厩里最快捷的战马。年轻人穿着盛装，带着投掷比赛用的扁圆石头飞盘、标枪、弓箭和箭袋。通往特尔斐阿波罗白色神庙的道路上，挤满了步行、骑马和驾驶农用四轮大车的人，所有人的目标都是同一个方向。这的确是一个非常盛大的场合，这天将举办五年一次的特尔斐运动会，以纪念伟大的阿波罗神。

人们爬上帕纳塞斯山，一座由于曾经发生的故事而名声在外的名山。当时，众神认为有必要摧毁地球，但帕纳塞斯凭一己之力将头抬出水面，给人类以庇护。阿波罗也是在这里将他所爱慕的达芙妮变成了一棵月桂树。从那时起，月桂树的绿色枝条和粉色花朵就铺满了整个山坡。如今，帕纳塞斯山保护着希腊最著名的城市特尔斐。

特尔斐运动会在一片广袤的平原上进行，背后是一处陡峭的悬崖，旁边的岩洞里有着能够预知未来的神谕。希腊人以此来纪念竞技之神阿波罗。

竞技场和周围的石凳上很快挤满了穿着各色节日盛装的观众。在入口处的一根雕花大理石柱上挂着一只巨大的月桂花花环，那是给获胜者准备的奖品。人们纷纷谈论着谁将笑到最后。

“最大的考验是掷铁饼，”坐在人群边上的一个小伙子对旁边的人说，“如果是一个训练有素的士兵，他所投掷的标枪或长矛有可能击中目标。但是有谁能用薄薄的飞盘瞄准在风中飘忽不定的目标，抓住它转向的时机击中它呢？”

另一个小伙子深深地思考了一会儿，开口说道：“年轻人，雅辛托斯（Hyacinthus）可以。”

“对，雅辛托斯！”第一个小伙子回答道，就好像这个名字本身就是魔法咒语。

“当然，雅辛托斯会拔得头筹，他不是阿波罗的朋友吗？听说他从能拿动标枪开始，就被阿波罗带着观看和参加各种比赛。阿波罗觉得他特别像年轻时的自己，因此对他喜爱有加。他们也曾一起在帕纳塞斯山上较量和练习技巧，有时候也在树林里漫步。要是我也有一位神朋友，那该有多棒！”这个小伙子羡慕地说道。

随后，两位小伙子都向后退了一大截，屏住呼吸看着四辆战车并排呼啸而来。马匹全身都被汗水湿透，车夫们不顾危险地站在战车上，看着战车即将翻倒在赛道上，大喊着勒紧了缰绳。两辆战车的轮子被锁定，车夫摔落在因惊恐而横冲直撞的战马之下，但没有人注意到他们。紧接着，另外两辆战车像一阵风一样掠过，其中一辆马上就要冲刺了。人群爆发出山呼海啸般的欢呼声，就像是从一名巨人的喉咙中发出的那样。

“到飞盘比赛了。”之前说话的一位小伙子说道。此时，一名穿着推罗紫布料长袍、体型修长的年轻人昂首阔步地走到赛场中间，手中拿着一个扁平的圆形飞盘。

“是雅辛托斯，我说的没错吧！”两个小伙子喊道，“但是他身边的人是谁？”他接着问道。赛场上的另一个年轻人，眼睛深邃，四肢笔直，面色如同一团闪耀的火光，就像从空中降落人间一样。他在雅辛托斯旁站定。

“是阿波罗本人，只不过装扮成一位年轻人而已！”人们敬畏地窃窃私语，“他亲自来指导朋友雅辛托斯如何击中靶子。”

这就是当时所发生的神迹。那些目光犀利的人一眼就看出来，赛场中的那个陌生的年轻人正是阿波罗。他的头顶向上发射出明亮的光线。没有人说话，当阿波罗抓起飞盘的时候，所有人的目光都聚焦在他们两个人身上。阿波罗将飞盘举过头顶，用强大的力量和精湛的技艺，将飞盘抛得又高又远。

雅辛托斯看着飞盘如离弦之箭一般直冲天空。他确信飞盘会笔直向前飞去，直到击中尽头的目标，甚至还会飞得更远。他非常信任这位来自神界的伙伴，他们曾经一起度过许多非常美好的时光。飞盘继续在空中飞行，雅辛托斯的思绪也回到了与阿波罗友谊的点点滴滴中。阿波罗曾带着雅辛托斯穿过丛林，在他去捕鱼时为他扛渔网，让他的狗去帮忙追赶猎物，有一次甚至在帕纳塞斯山的远足中将诗琴落在了山顶。

“我将跑到前面去将飞盘带回来。”雅辛托斯心想。在竞技的魅力和人群的助威下，他兴奋地冲出去，追赶那只快速飞行的飞盘。

风神泽费罗斯也非常喜爱雅辛托斯，但他嫉妒阿波罗和他的手足情深。于是，他突然改变了飞盘的方向。飞盘重重地砸到了地面上，接着反弹起来，正好击中雅辛托斯的额头。

雅辛托斯应声倒地，阿波罗的脸色变得和他一样惨白。他飞奔到雅辛托斯身边，用尽毕生所学，希望能止住雅辛托斯伤口不断涌出的血，挽救他的生命。但雅辛托斯伤势过重，阿波罗也无能为力。就像花园中被折断的百合花垂向地面一样，雅辛托斯已经奄奄一息。他的脖子无法支撑头部的重量，所以头耷拉在肩膀上。

“是我害了你，我最亲爱的朋友。”阿波罗哭喊道。人们关切地走上前来。看到阿波罗比凡人还悲伤，纷纷将头转向一旁。“是我夺走了你年轻的生命。你遭受着痛苦，而我也成了罪人。我真希望躺在这里流血的那个人是我。”随后，阿波罗沉默不语，怔怔地看着那些由雅辛托斯的鲜血染红的青草。

奇迹发生了！

叶子上的深红色斑点变成了象征皇室的紫色，地上长出了根茎和叶子，随后开出有着甜美芳香的花朵。世界上从来没有过如此美丽的花朵。阿波罗抚摸着那些似乎上过蜡的花朵，知道那是众神对他的抚慰，让他不那么悲伤。在帕纳塞斯山上，他的朋友将会以花的形式得到永生。这种花就是风信子，代表着春天的承诺。

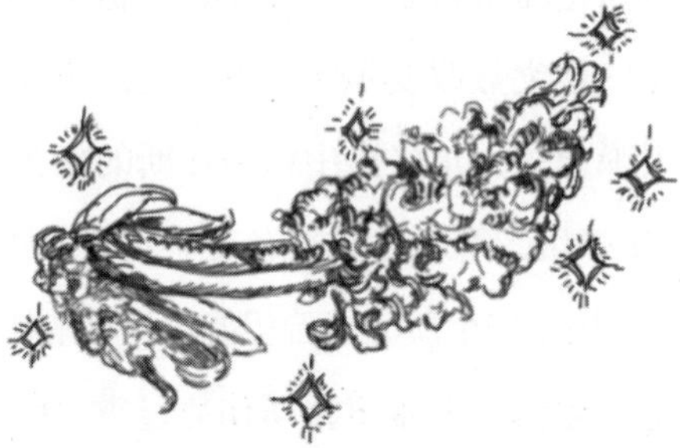

雅辛托斯变成美丽的风信子，以花的形式得到了永生

Chapter

23

弥达斯王失去双耳

在亚洲的弗里吉亚，人们需要一位新国王。宫廷中一直流传着这样一个古老的说法：有一天他们的统治者将会乘坐农场马车来到宫殿。

起初，没有人把这个预言当回事。但令人惊讶的是，有一天有一位叫戈尔迪（Gordias）的农夫带着他的妻儿驾驶着一辆牛车驶进了公共广场。他们的儿子弥达斯（Midas）坐在他们中间。农夫下车后，将牛车拴起来，并打了一个结实的结，似乎要在那里驻扎下来。事实上，这正是传说中的戈尔迪之结。它是如此难解，据说能解开这个结的人，将会成为全亚洲的统治者。

将牛车在宫殿大门外拴牢之后，戈尔迪和他的妻子就回家了，只留下弥达斯在那里。根据预言，弥达斯登上了弗里吉亚的王座。但从执政一开始，弥达斯王便使用权利满足自己的欲望，而对百姓的声音充耳不闻。

酒神巴克斯（Bacchus）卷曲的头发缠绕着葡萄叶，手中始终拿着一杯紫色的葡萄酒。他是一个友善、和平、乐于与人类交朋友的神。他和弥达斯王私交甚密，乐于满足弥达斯的任何愿望。

弥达斯王希望自己触碰的任何东西都变成黄金！

弥达斯王本来对巴克斯同意赐予自己如此贪婪的力量不抱希望，但巴克斯爽快地同意了。弥达斯王喜出望外，赶紧单独去测试自己的魔力——他从橡树上折下一段树枝，惊喜地看见它变成了一段坚固的金条。他简直不敢相信自己的眼睛。于是，他又拿起一块石头，石头也变成了金锭。他摸了一下草皮，草皮瞬间变成了一团厚重的金粉。他从果树上拧下一只苹果，手上就出现了一个金苹果，不知情的人如果看到，还以为是从赫斯帕里得斯仙女们的金苹果园偷来的。弥达斯王喜不自胜，连忙回到宫殿，吩咐仆人准备最昂贵、最精美的盛宴，庆祝他掌握了点金术。

他已经饥肠辘辘，迫不及待地要享用美食。他抓起一片白面包，准备饱餐一顿。但不等他张口，手中的面包就变成了一片黄色的金属板。他端起一杯香醇的牛奶，但刚到嘴唇边，牛奶就变成了熔化的浓稠金水。他想吃的任何东西，只要是被嘴唇触碰，就会变成黄金，不管是禽肉、水果、蛋糕，还是别的。他守着唾手可得的财富，却随时有可能被饿死。

在黄金的光芒之中，弥达斯王高举双臂，向巴克斯祈祷，恳求他能够将自己从这种看似辉煌的能力中解脱出来。

神虽然可以赐予礼物，但对于巴克斯而言，凭借神力将一个凡人从危险中解脱出来是不可能的。但巴克斯非常善良，他不忍心让这个愚蠢的国王自生自灭，于是给他指了一条路。

“现在动身吧，”他告诉弥达斯王，“去帕克托洛斯河（Pactolus）。沿着它蜿蜒的河道找到源头，然后将你的身体和头部浸入水中，以洗刷你的贪婪。”

对于弥达斯王而言，这注定是一段漫长而艰难的旅程。他的关节已经变成了黄金，嘎嘎作响，僵硬无比。他没有任何可以果腹的食物，也没有任何地方可以歇脚，因为只要他一触碰，它们就会立刻变成黄金。他还必须东躲西藏，以避开那些抢夺金子的亡命徒的追踪。最后，他终于来到了河流的源头，并跳了进去。他那僵硬并且金光闪闪的身体变得柔软，恢复成了原来的肉体。他顿时感到一阵轻松。

“我受够点金术了，”回到宫殿的弥达斯王说道，“从现在起，我将远离所有的财富，去乡下生活。”

随后，弥达斯王购下一处农场，并将宫殿搬到了那里。他也成了长着山羊腿的牧神潘的忠实追随者。

在众神中，潘是最快乐的，也可以说是最受欢迎的，因为他所司掌的是整个美丽、广阔的户外。一年四季，他都喜欢游历于群山和谷地之中，或窥视牧羊人所居住的洞穴，或与居于山林水泽的仙女们嬉笑打闹。无论他走到哪里，都会留下欢声笑语。他如果困了，便枕着一墩树桩，随便盖几片败落的叶子入睡。

地球上没有人能摆脱潘的捉弄。夏日的一天，女猎手戴安娜正在森林中行走，突然听到身后小路上传来树叶沙沙作响的声音。她转过身来，看见潘那张阴沉和嘲弄的脸，还有他那长着角的头和毛茸茸的身体。戴安娜赶快逃走了，但潘紧随其后。

潘想必知道他所追逐的是一位女神，因为她的猎号和猎弓都是银质的，并发出如月光般的神圣光芒。戴安娜惊恐地在前面跑，潘在后面紧追不舍。终于，潘在河边超越了戴安娜。他张开双臂，想要抱住戴安娜。戴安娜只好向水中的仙女们求救。

最终，潘抓住的不是戴安娜，而是一根滴水的芦苇。在仙女们的帮助下，女神成功脱身了。由于恶作剧失败，潘举起了芦苇，冲着它叹了口气。奇妙的是，芦苇发出了一段美妙的旋律。潘被音乐的新奇和甜美迷住了。他挑出一些长短不一的芦苇，将它们并排绑在了一起。就这样，他为自己制作了一只笛子，用它演奏鸟儿的歌声和溪水的潺潺声。

弥达斯王非常喜欢乡下的生活，除了酒神巴克斯，他和潘也有不错的交情。他支持潘玩弄一些小伎俩，并且对他吹笛子的本领大加吹捧。

“弥达斯王，如果您真的认为我水平高超的话，那么，我可以和阿波罗较量下音乐技艺。”潘神有些沾沾自喜。

“是个好主意！”弥达斯王回答道。

阿波罗的诗琴可以演奏出天籁之音，而潘的笛子只能演绎一些凡间的旋律，弥达斯王本应意识到这一点。玩世不恭又大大咧咧的潘对此毫不在意，他向光明和音乐之神——阿波罗发起了挑战。阿波罗欣然应战，来到举行比赛的绿色田野上。山神特摩罗斯（Tmolus）被选作评委。得到开始的信号之后，潘使用他的笛子演奏了他知道的所有人间乐曲。弥达斯王坐在潘旁边，这些美妙的乐曲让他很开心。

随后，阿波罗站起身来。他头戴月桂树花环，身穿一件席地的皇家紫长袍。他拨动诗琴的琴弦，地球上顿时充满了神的音乐。山神扫除了周围的树木，以便可以更好地欣赏。树木本身也向着阿波罗的方向倾斜，以表达它们的惊叹和敬意。音乐停止后，琴弦依然在有力地振动，余音在山间和空中久久回荡。这本身就是一场实力悬殊的比赛，山神判定阿波罗获胜。但弥达斯王提出了异议。

“我更喜欢潘的笛声，”他说道，“所以，我不认同特摩罗斯的评判。”

弥达斯王虽然年迈，但依然以自我为中心，并且俗不可耐！阿波罗实在无法忍受这样一副自甘堕落的耳朵。于是，他触摸了弥达斯王的耳朵，然后它们就开始变长，并在他的头顶并拢，内外都变得厚重。弥达斯长出了一副驴耳朵！

对于一个国王而言，这简直是奇耻大辱。事实上，弥达斯王无法独自承受这个结果，他将这个秘密告诉了宫廷的理发师，让他协助自己掩盖这个事实。

“不要向任何人说起我的耳朵，否则我将杀了你！”弥达斯王命令道。

理发师给国王换了个发型，以便遮住那双笨拙的驴耳朵。他甚至还专门制作了一条大头巾，这样可以更好地进行掩饰。然而，理发师实在做不到守口如瓶。于是，他走出王宫，来到一片草地上。在那里，他挖一个坑，弯下腰小声地说出了这个秘密。随后，他如释重负地将坑填上。

在理发师掩埋弥达斯王丑事的那片草地上，几乎是一夜之间冒出了一片厚厚的芦苇。等到它们长得足够高，可以被风吹起的时候，它们便开始小声讲述着国王的故事。据说，如果你今天看到草地上被风吹起的芦苇，仔细听的话，仍能听到它们在讲述弥达斯王的故事。

Chapter

24

墨丘利弃恶从善

阿波罗遇上了一个大麻烦。他在地球上放养了很多牲畜，其中一群却莫名其妙地集体失踪了。他清楚地记得，他前一天晚上将一群牛放在了阿卡狄亚的一块牧场中。但第二天早晨，当他驾驶着光的战车，迎着清晨第一抹朝霞前往那里的时候，却发现牛群不见了。他将整个国家找了个遍，也没有发现任何一头牛的踪迹，甚至没有任何蹄印可以指示它们到底去了哪里。

在搜查的过程中，阿波罗遇到了一个名叫巴图斯（Battus）的农民，他的眼睛在头上高高地突起，显得很是古怪。

“你有没有在附近见到一群牛，乡下人？”阿波罗问道，“我最好的牛群失踪了，既没有找到蹄印，也没有发现它们的藏身之处。”

“昨晚我的确看到了一群牛和一些奇怪的事情，”巴图斯回答道，“当时天已经黑透了，而且是阴天。我出去看我的羊圈有没有关好。我看到了似乎是潘和他的萨缇（Satyrs）家族搞的恶作剧，但我不确定他们是否有这种能力。”

“告诉我你看到了什么，别那么多废话。”阿波罗不耐烦地催促道。

“当时是半夜了，”巴图斯解释道，“我经过一片田野，看到一群精壮的牲口正在休息。有一个小孩轻巧而稳当地从草地上跑过，就如同长了翅膀。他时不时地停下来，采集一小把编笤帚用的稻草，并用干草捆起来。之后，他来到牛群面前，在每只牛蹄上都绑了一捆稻草。随后，他将牛群赶往了皮勒斯（Pylos）山洞。那个山洞您知道的，就在这附近。我跟着他走了一段路，但是跟丢了。那个孩子乘着风走的，连个脚印都没有留下，因此我根本无从追赶。牛蹄上绑的稻草清除了它们的痕迹。”

“敢对我耍滑头，何况我还是神！”阿波罗惊呼道，他的眼睛因为愤怒而失去了往日的神采，头顶放射出来的光芒中也迸出了火花。他来不及感谢提供情报的巴图斯，便乘着闪电直奔皮勒斯山洞。他的牛群正在山洞外悠闲地吃着草。阿波罗闯进洞中，看到了给他带来麻烦的那个小淘气鬼。

男孩仍然在熟睡，看起来非常孤单。自从他出生在这个山洞开始，就一直把这里当成自己的家。被阿波罗摇醒后，他睁开双

眼，那是一双在地球上乃至奥林匹斯山上都不多见的最明亮和狡黠的眼睛。他打量了一眼阿波罗，又将眼睛闭上了，假装又睡过去了。和大部分靠自己的聪明才智给别人添乱的人一样，他也不希望被人发现。这个男孩正是后来担任诸神的使者和传译的墨丘利。早在这之前，他就以捉弄众神为乐。

墨丘利有一双在地球上乃至奥林匹斯山上
都不多见的最明亮和狡黠的眼睛

“你把阿卡狄亚的牛群赶到这个偏僻的地方，到底想要干什么？”阿波罗气愤地问墨丘利，“你难道不知道这个国家的人民需要依靠它们来获得食物，降落在人间的神也需要它们提供的奶油和凝乳？”

墨丘利一语不发，只是耸了耸肩，继续紧紧闭着眼睛。

“既然这样，那你真是罪有应得。”阿波罗说道。他已经彻底失去耐心，不耐烦地将墨丘利一把抓到他的战车上，然后带着他径直赶往奥林匹斯山。阿波罗打算把墨丘利带到众神之王朱庇特的面前，交给他来审判。

这注定是一场严酷的考验，对墨丘利这么大的小男孩更是如此。朱庇特的王座高高在上，黄金和宝石发出令人炫目的耀眼光芒。宝座后面有成堆的闪电球，随时准备惩戒那些冒犯者。阿波罗向朱庇特报告了墨丘利的恶作剧，朱庇特面色阴沉、眉头紧锁。

“我们应将他抛下……”朱庇特一开始打算剥夺墨丘利神的资格。但就在这时，墨丘利直盯向朱庇特的眼睛，而朱庇特也用眼神予以回应。随后，朱庇特开始意识到，虽然面前的这位年轻的神顽劣不堪，但只要他下定决心浪子回头，假以时日，一定会做出一番丰功伟绩。

“我自己也丢了一头牛，”他告诉墨丘利，“事实上，那不是一头牛，而是一个名叫艾奥（Io）的美丽少女，只不过被施魔法变成了牛的模样。我知道她现在生活在地球上，被一个名叫阿尔戈斯（Argus）的百眼巨人看守着。我希望能够将她拯救出来，并恢复她原来的样貌。但阿尔戈斯从来不会将所有的眼睛同时闭上，即使睡觉的时候，也起码有 50 只眼睛是睁开的。你能助我一臂之力吗？”

墨丘利站得笔直，干脆地回答道：“我会尽力的。”

“你可能需要一些帮助。”阿波罗说道。听到墨丘利打算冒险，阿波罗早就将愤怒丢到脑后。“拿上这些。”他给了这位年轻的神一些非常实用的礼物，包括一根雕刻有两条毒蛇的金色魔杖，一副可以穿在脚上的翅膀以及一副可以戴在头顶上的翅膀。

墨丘利将魔杖拿在手中，系上了翅膀，一瞬间变得非常高大，身形也变得和众神一样魁梧。现在，他成了众神的使者，他知道自己比其他任何神都睿智精明。随后，他立即动身前往艾奥所处的阿卡狄亚绿色田野。

在那里，年老的百眼巨人阿尔戈斯看守着艾奥，每一只眼睛都不离开她片刻。白天，他让艾奥化身成小牛自由吃草，但到了晚上，他会将粗壮的绳索捆在小牛的脖子上。艾奥想要伸出双臂，恳求阿尔戈斯给她自由。但她无法伸出双臂，喉咙里发出的吼叫声把她自己都吓了一跳。她的父亲和兄弟给她喂草，却无法认出她来。所以，墨丘利急匆匆地赶去解救艾奥。当他快要靠近阿尔戈斯的时候，他卸下翅膀放在一旁，手里只拿着一根魔杖。在路上，他还去找潘借了笛子。当他赶着一群羊出现在阿尔戈斯面前时，阿尔戈斯误认为他只是一个四处游荡的牧羊人。

阿尔戈斯从未听过如此美妙的笛声，不禁喜不自胜。当墨丘利走过他身边的时候，阿尔戈斯叫住了他：“请来我身边，在这块石头上坐下来，”他恳求道，“在整个阿卡狄亚都没有比这里更好的牧场了。”

于是，墨丘利坐在了阿尔戈斯的身边，一直演奏到阿尔戈斯心满意足。在那天剩下的时间里，墨丘利一直给阿尔戈斯讲各种故事，一直到太阳落山，繁星初上。此时，艾奥还在草地上吃草，阿尔戈斯根本无暇再将她束缚起来。夜幕降临，墨丘利继续缠着阿尔戈斯演奏音乐和讲述故事。慢慢地，阿尔戈斯的一只只眼睛依次闭上了。在黎明第一道曙光刺破黑暗的时候，他的最后一只眼也闭上了。墨丘利带着艾奥回到了朱庇特身边，朱庇特将她恢复成原来的样貌。当然，墨丘利还顺手做了一些其他的事情。他将阿尔戈斯所有的眼睛作为礼物送给了朱诺。朱诺喜出望外，将它们放在孔雀尾巴上作为点缀，就像今天我们所看见的那样。

完成这项使命之后，墨丘利深得众神的赏识。他们开始给墨丘利一些特殊的任务，例如，将潘多拉和魔盒带到地球，为英雄们带去新的铠甲，帮助毛手毛脚的战神玛尔斯从自己的锁链中脱身。这些任务对于墨丘利而言只不过是小菜一碟，但是能让他觉得自己很重要，于是他又开始了捉弄人的把戏。

几乎每个神都有自己专属的特别宝物，在某种程度上说，这是他们权威和权力的象征。他们变得越来越依赖这些宝物，好像失去它们就无法很好地做事。但顽劣的墨丘利偷走了维纳斯的宝石腰带、朱庇特的权杖、玛尔斯最好的宝剑、尼普顿的钳子和三叉戟，或者将它们藏起来，或者自己把玩。随后，他会想办法将这些事情掩盖过去，让一切相安无事。但这给众神带来了巨大的焦虑和不便。终于，他们将墨丘利再次发配回了地面，让他作为英雄们开始冒险征程时的向导。

于是，墨丘利乘着翅膀在世界各地飞行，哪里有危险，需要勇气和机智，墨丘利就会出现在哪里。他的足迹遍布了希腊的小岛和很多外国岛屿。在这些旅行中，每每遇到迷了路的旅行者和陌生人，他都会热心地为他们指引方向。

希腊人为纪念墨丘利的创举设置的路标

希腊有一个地方处于几条大路的交叉口，用现在的话说就是一个交通枢纽。这里充满了危险。徒步的旅行者会因视线受到阻挡，对疾驰而过的战车避之不及。由于没有路标，不熟悉这里的人很容易迷路。于是，墨丘利为这个路口设置了第一个路标，明确地告诉人们每条道路通向哪里。

从那之后，希腊人在每个道路的交叉口都设置了路标，以纪念墨丘利的创举。希腊人设立的路标要比别的地方漂亮得多。它们用精致的大理石制成，顶部雕刻有戴着长有翅膀的帽子的墨丘利头像。每个来到这些路标面前的人都被要求在旁边放一颗石子，以作为对墨丘利的献礼。人们收集的这些石头有助于清理路面，让道路更加畅通无阻，因此深得速度之神的赏识。随后，商贸活动开始兴起，大量的木材、谷物、羊毛和水果通过大型牛车被运往海边，然后装船运往世界各地。通畅的道路促进了商业的繁荣，这正是墨丘利所希望的。

尽管墨丘利一开始有些顽劣不堪，但他最终还是改过自新。他的改变来自如何运用自己的智慧，是否能帮助世界变得更加美好。

Chapter

25

差使女孩的新装

很久很久以前，有一个女孩名叫伊里斯（Iris）。她是神的孩子，有许多有趣的亲戚。她的外祖父是双肩掮天的巨人阿特拉斯。阿特拉斯有七位美若天仙的女儿，伊里斯的母亲厄勒克特拉（Electra）便是其中之一。她们居住于山林水泽，伴随在女猎手戴安娜左右。夜空中高悬的银月被人们认为是戴安娜的化身，而周围七颗闪亮的星星便是普利俄阿德斯，即我们所熟知的七姐妹星团。

伊里斯有一位声名显赫的祖父——海洋之神俄刻阿诺斯（Oceanus）。因此，她有时在天上和普利俄阿德斯一同生活，有时则到深海中和祖父待在一起。对于她而言，两个地方都非常有趣。她既喜欢天空那耀眼的光线，也喜欢在海底的珊瑚宫殿进行探索。

家里所有的人都将伊里斯视作掌上明珠。但令人惊叹的是，伊里斯没有恃宠而骄，不管是在天上还是在深海，没有人对她不满。伊里斯受到了良好的教育，当她还是个很小的孩子时，便尽一切可能为他人提供帮助。

普洛塞尔皮娜（Proserpine）也是神的孩子。她在外出时被冥神普鲁托掳走，她的母亲谷类女神刻瑞斯出去寻找女儿，长时间无心打理自己的工作，使大地变得干裂和贫瘠。伊里斯每次往返天空和海洋时，都会为路边那些枯萎的谷物、水果和鲜花感到难过，非常希望能做些什么。

一个夏日，伊里斯去拜访祖父俄刻阿诺斯。一只嬉戏的海豚驮着她穿过波峰浪谷，伴她度过了最美好的时光。大海被柔软、轻盈的蒸汽所笼罩，天色渐晚，她赶回了天上。匆忙间，她来不及拂去身上包裹的蓬松蒸汽。就在此时，一桩不寻常的事发生了，云朵之间散发的凉气将这些海面升腾的水汽变成了雨滴。伊里斯不想被弄得全身湿透，于是赶紧闪到一旁。她靠在一堵云墙的边缘往下看，惊奇地发现，那团蒸汽变成了一阵雨水降落在地面上，给被烈日炙烤的大地带来了一丝清凉，让干旱稍得缓解。

伊里斯可以乘风从世界的一端飞往另一端，她此后便忙于寻找饥渴的植物，给它们帮助。她会就近降落在海洋、湖泊或河流中，然后将饱含水分的蒸汽携带到天空中，变成雨水降落地面，以滋润万物。农民将伊里斯视作他们最为重要的帮手。最终，她的善举传到了奥林匹斯山众神的耳中。

乘着海豚的伊里斯

原本，众神有一位名叫墨丘利的使者，他的脚跟和帽子上都长有翅膀。每当众神交代给他哪怕是最困难、最烦琐的差事，在了解到具体要求之后，他都会迅速完成。不管是为希腊的勇士们送去新的铠甲，还是为英雄们领路，甚至，战争之神玛尔斯在一次被用来设计他人的锁链缠住时，也是墨丘利救了他。但没有人知道墨丘利是如何执行任务的。他喜欢和潘在丛林中闲逛，并对外宣称这是为了保护年轻的酒神巴克斯。

于是，众神决定再找一位可以胜任差使工作的女孩。她应该住在奥林匹斯山上，只有在有必要作为指引者或劝告者帮助凡人的时候，才会离开自己的居所，众神选定了伊里斯为新的差使。

对于伊里斯而言，众神所交给她的这份工作，是一份沉甸甸的信任。在很大程度上，她需要凭借自己的判断力去确定何时何地有凡人迫切需要帮助，以及她将如何给予他们最大的帮助。一天，她注意到自己祖父的王国中发生了一些异样。

一艘小船从港口缓缓驶出，微风吹动着绳索，海员们有的划动着船桨，有的升起了风帆。夜幕降临，海面涌起了白花花的海浪，并且刮起了猛烈的东风。船长命令船员们加固船只并且收起船帆，但没有一个船员能听到船长的喊声，因为这个喊声早已被狂风和海浪的声音所吞没。男人们的惊叫声、桅索的吱嘎声、海浪的拍打声和雷电的轰隆声交织在一起。随后，海浪升级成了滔天巨浪，飞溅起的泡沫似乎要冲向云端，然后又重重地落在海面上。

小船似乎随时可能被风暴撕成碎片，就如同猎人矛尖上的野兽一样任凭摆布。随后，一道闪电划过，将暗夜照得犹如白昼。闪电击碎了桅杆，打坏了船舵。滔天的巨浪乘风而起，恶狠狠地砸向小船，把小船撕成了碎片。在小船即将沉没之际，船长绝望地高喊道：“哈尔西欧尼（Halcyone）！”

伊里斯透过黑暗看到了远处的西西里岛王后哈尔西欧尼，她正在哀悼在海难中罹难的丈夫——那艘小船的船长。

伊里斯没再犹豫，立即动身前往睡眠之神索莫纳斯（Somnus）的王宫。那是一段漫长而危险的旅程，即便是阿波罗也不敢在清晨、中午或傍晚贸然到那里去。王宫坐落在一个光影摇曳且暗淡的国度，空中飘着云朵，地面上笼罩着阴影。那里没有野兽，没有牲畜，没有风摇动树木，甚至安静得没有任何声音。只有遗忘河（Lethe）缓缓流过，泛着低沉的摇篮曲的涟漪。

伊里斯怯生生地走进索莫纳斯的宫殿，两旁是遍布着罂粟花和药草的田野。黑夜之神正是用这些罂粟和药草提炼出睡眠，并将其撒布在被黑暗笼罩的地球上。宫殿并没有打开时会吱吱作响的大门，甚至连看门人都没有。于是，这个小小的差使女孩径直走了进去并来到大殿中央。殿中有一个黑色乌木王座，挂着昏暗的羽毛和窗帘。索莫纳斯斜倚在王座中，头发和胡须如同斗篷一样盖在他身上，他的眼睛勉强睁开一道缝。

伊里斯跪倒在他面前，然后说道："索莫纳斯，我最温柔的神，受伤心灵的抚慰者。"她说，"您可以让哈尔西欧尼做一个关于她所日夜哀悼的丈夫的梦吗？您看看您的周围，有着这么多的梦，多得像丰收的秸秆、林中的树叶或是海边的沙粒！您能否不吝惜其中一个美梦，将它分给哈尔西欧尼？"

索莫纳斯将他的仆人梦神摩耳甫斯（Morpheus）叫到身边。摩耳甫斯选择了一个梦境，带着它张开翅膀悄无声息地飞往特拉齐恩（Trachine）。在那里，哈尔西欧尼整夜整夜无法安睡，她辗转反侧，一想到丈夫的船失事前的惨状，便会惊恐得痛哭不止。可是，就在一瞬间，哈尔西欧尼安详地睡去，并做了一场美好的梦。她梦见丈夫站在她的卧榻前，和她说话。

“我的船随暴风雨沉入了爱琴海，”他告诉哈尔西欧尼，“跟我一起来吧，不要让我孤身一人。”

这可能是索莫纳斯送出的最具启发性的梦。哈尔西欧尼决定不再整日黯然悲伤，而是恳请众神允许她追随自己的丈夫。于是，心怀悲悯的神将他们都变成了在海洋中自由飞翔的海鸥，共同驾驭风浪，守卫漂浮在海上的爱巢，再也没有分开。

在确认她的差事圆满完成之后，伊里斯离开了索莫纳斯的领地，因为她觉得瞌睡已经开始在自己身上蔓延。在回去的路上，她小心地避免踩到任何可以被加工成睡眠的草药，并且忍住不去采摘任何一朵罂粟花。终于，她安全地跨过了边界。随后，她简直不敢相信自己的眼睛，在她面前出现了另外一个奇迹。

众神为她建造了一座长长的拱桥，这座桥连通地面和天空，这样她可以直接回到奥林匹斯山上的居所。拱桥由各种各样颜色的宝石建造，有红宝石、黄宝石、绿宝石、蓝宝石和紫水晶等，一排排闪闪发光的宝石在她脚下铺就了一条光明之路。伊里斯顺着拱桥往回走，宝石的闪耀光芒让她也熠熠生辉。等她回到居所时，还发现了另外一个惊喜——有一件漂亮的新衣裳在静候着自己的主人。

它和打造桥梁的宝石一样，有着令人眼花缭乱的颜色——深红、橙色、黄色、绿色、青色、蓝色和紫色等。这些颜色绝妙地搭配在一起，浑然天成。衣服上还有一副翅膀。伊里斯穿上了这件新的衣服——即便是朱诺也从未有过如此漂亮的衣服。

以后的日子，每当伊里斯沿着拱桥往返于奥林匹斯山和地球之间的时候，她都会穿着这件多彩的衣服。她的差事依然和帮助、勇气以及希望有关。

你们能猜出来她是谁吗？雨后初晴，当太阳从云彩中露出笑脸的时候，你可能会看到她的彩色拱桥。伊里斯正是给予我们彩虹的神的孩子。

Chapter

26

走丢的普洛塞尔皮娜

在恩纳（Enna）山谷的湖岸边，百合花和大朵的紫罗兰正灿烂地绽放。这让任何一个小女孩都为之心花怒放，何况是普洛塞尔皮娜。要知道，她的母亲是谷类女神刻瑞斯，而她自己也以野外为家，终日无忧无虑地在野外玩耍。普洛塞尔皮娜和同龄的玩伴们在森林中赛跑，却浑然不知自己已经进入了危险的境地。

“不要跑出我们的田野，这样会离开大家的视线。”那天早晨，刻瑞斯这样叮嘱她。

但事实是，普洛塞尔皮娜跑出了玩伴的视线，也听不到他们的声音。紫罗兰喜欢生长在潮湿、阴暗的地方。普洛塞尔皮娜沿着蓝紫色的鲜花小径越走越远，最后孤身一人迷失在恩纳山谷的丛林中。突然间，不远处有危险的信号传来。

她的耳边先是传来骏马拉动战车的奔腾声，随后是巨大的车轮碾压低矮的树枝和灌木的声音。一道阴影瞬间笼罩了山谷，让本来就非常幽暗的山谷更加阴沉。之后，一架由黑色骏马拉动的战车进入了她的视线，驾车人从头到脚罩着一身黑色的长袍。他正是黑暗之王普鲁托，为了绑架漂亮的小普洛塞尔皮娜，他蓄谋已久。普鲁托一把将普洛塞尔皮娜拽到半空，扔到自己的战车里，她围裙上兜住的鲜花撒落在地上。她高声呼救，但没有人能听到。就这样，骏马们载着普洛塞尔皮娜从生机盎然的春日田野来到了普鲁托那阴森恐怖的地下王国。

普鲁托高喊着每一匹骏马的名字，依次向它们发出号令，同时放松了系在它们头上和脖子上的深红色缰绳。普鲁托来到塞恩（Cyane）河旁，却发现没有桥梁可以通行。他用三叉戟击打水面，水自动向后退，闪开一条从地面直达他王座的通道。

这是一个藏身于深邃海湾之下的幽闭之所，它在地下的深度甚至和奥林匹斯山距离地面的高度相当。一阵诡异的歌声从幽深的洞穴中传到普洛塞尔皮娜的耳中：

纵然在苦痛中挣扎和扭曲，
快乐和悲伤始终形影不离。
和平伴随着纷争，希望伴随着恐惧，
不必彷徨，这只是人生而已。

在普洛塞尔皮娜的眼睛稍微适应洞穴中的昏暗后，她看到三个灰白的女人——命运三女神（Fates）。她们手里拿着线和剪刀，坐在王座旁边哼唱着这些歌词。第一位命运女神纺织出生命之线，第二位命运女神将明亮和黑暗的线捻在一起，第三位命运女神却随性地将这些线剪断。

普洛塞尔皮娜还看到了另外一些冷峻而可怕的生物，这让她惊恐不已。复仇三女神（Furies）慵懒地躺在长椅上，她身边是恐惧女神（Fear）和饥饿女神（Hunger）。九头蛇海德拉的每一颗头都发出嘶嘶声，吐火兽奇美拉则喷出熊熊的火焰。另外，还有一个长着一百只手臂的巨人，以及使用毒蛇当发带的不和女神（Discord）。

“我要回到光明之地，我想回家。求求你了，送我回家吧！”普洛塞尔皮娜哭喊道。但是只有她自己的声音在黑暗王国的穹顶中回响。她尝试自己逃脱，但当她重重撞在关押她的厚重铁门上时，纤弱的小手顿时变得青肿。

第二天早晨，曙光女神奥罗拉穿越天空，将繁星收起，然后将云朵涂成黎明的淡粉色。这时，奥罗拉低头望向大地，发现了一位天还没亮就早早出门的女神。她在天空和地面焦急地四处找寻，双手已经被汗水打湿，眼中噙满了泪水。她头戴由金色谷穗编成的花冠，身穿绿色的长袍，衬托出她的笔挺、健硕和美丽。

她陷入深深的悲伤之中，眼睛一直没有离开过地面。

那天晚上，司掌黄昏金星升起的赫斯珀洛斯（Hesperus）正沿着与奥罗拉相同的路径放出星星时，也看到了那位女神。她的长袍已经被撕破，并且沾染了脏污和露水，却依然在一边哭泣一边寻找。她打算就这样一直找下去，不休不眠。

在接下来的日子里，许多人都见到了这位女神。从早到晚，不管是炽烈的阳光还是冷清的月光，也无论是刮风还是下雨，她一直不停地在旷野中找寻。她已经精疲力竭，悲伤欲绝。一天，一位名叫塞勒乌斯（Celeus）的农民发现了这位身陷绝境的女神，当时，他正在野外采集橡子和黑莓，并收集一些柴火来生火。女神坐在一块石头上，已经累得走不动路了。

“你为什么独自一个人坐在石头上？”塞勒乌斯问她。塞勒乌斯虽然背着很重的东西，但他依然决定停下来伸出援手。“来我的小屋歇歇脚吧，”他提议，“虽然我的小儿子病得很重，小屋也破败不堪，但是我们很乐意和你分享。”

女神站起身来，怀抱着一大捧深红色的罂粟花，跟着塞勒乌斯来到他的家中。

小屋中笼罩着深深的苦难，小男孩已经病入膏肓，一家人几近绝望。他的母亲虽然悲伤得说不出话来，但依然对这个流浪的女神表示了欢迎，并在桌子上摆了炼乳、奶油、苹果以及蜂巢中滴下的金黄色蜂蜜。女神吃着东西的时候，眼睛一直没离开那个生病的孩子。当男孩的母亲将给他的牛奶倒入一只高脚杯中的时候，女神将罂粟汁也加了进去。

夜晚来临，农民夫妇都进入了梦乡。这时，女神起身将小男孩拥入怀中，然后用她那双强有力的手熟练地爱抚着他的四肢，对他轻声念了三遍魔咒，然后将他放在炉火下温暖的灰烬中。

刻瑞斯将小男孩拥入怀中，
然后用她那双强有力的手熟练地爱抚着他的四肢

“你想杀了我的儿子吗？你这个邪恶的女人！枉我如此真心招待你！”孩子的母亲醒来，看到女神的举动哭喊起来。

但就在这时，奇迹发生了。小屋中充满了如白色闪电般的光芒，似乎是女神的皮肤上闪耀着光芒。她的衣服上散发出令人愉悦的香水味，她的头发如同金子一样闪亮。

“你的儿子不但不会死，还会好好地活下来，”女神告诉塞勒乌斯的妻子，“他将长大成人，并且成为一个伟大而有用的人。他会教人们学会如何使用耕犁，以及如何凭借劳动从耕种土地中获得回报。”

“你是谁？”当母亲看到儿子苍白的脸颊重新焕发出生命活力之后，惊讶地问道。“我是谷类女神刻瑞斯，”女神回答道，“我有着比你更深的悲伤，我的孩子走丢了，我满世界地寻找她，却一直没有找到。”说完这些话，刻瑞斯就消失了。她似乎是将自己包裹在一片云中，然后飘向空中，迎接新一天的黎明并继续未知的旅程。

这就是谷类女神刻瑞斯，一位地球上的流浪者。在失去了心爱的小女儿普洛塞尔皮娜后，她万念俱灰，无心生活，也无心工作。

在寻找普洛塞尔皮娜的那段日子里，由于刻瑞斯无心工作，大地陷入了持续不断的灾难之中。耕牛不断死去，也没有了犁地的耕犁。种子无法发芽，土地要么被太阳持续地炙烤，要么被连日的阴雨浸泡。鸟儿偷走了本来就少得可怜的收成，甚至是刚播下的种子。

普鲁托在挟持普洛塞尔皮娜回到自己的领地时，曾经途经塞恩河边。当刻瑞斯也来到此处寻找女儿的踪迹时，居于喷泉中的仙女阿瑞塞莎（Arethusa）已经奄奄一息了，刻瑞斯也几乎要放弃了。

“这忘恩负义的大地！枉我用药草、水果和谷物赐予你丰收！”她愤恨地说道，“但你吞噬了我的孩子，因此也不配继续享受我的恩泽。”

但阿瑞塞莎回答道：“请不要苛责大地，像母亲一样照顾我们的刻瑞斯女神。”

她说道：“当时普鲁托要带您的女儿到地下去，大地很是不情愿地裂开了一道口子。我长居于山林水泽，对这里非常了解，甚至可以数出河底有多少枚鹅卵石，河边有多少棵成荫的柳树，堤岸上有多少朵紫罗兰。当时我在这里玩耍，没过多久河神阿尔斐俄斯（Alpheus）便开始追我。我在前面跑，他在后面追，并试图阻止我回到喷泉里的家。我想要摆脱他，便纵身一跃跳进了地下深处的一个洞穴中。在洞中，我看见了您的普洛塞尔皮娜，她非常伤心，但没有表现得很惊恐。普鲁托将她封为死亡之域的王后。于是，我赶紧回来告诉您这件事情。”

刻瑞斯意识到，只有朱庇特出手相助，才能将普洛塞尔皮娜从黑暗之王身边带回来，否则她将会永远失去女儿。于是，她赶紧召唤战车赶回奥林匹斯山。但即便是朱庇特，也没有十足的把握战胜普鲁托。

“如果普洛塞尔皮娜吃过普鲁托王国中的食物，那么命运三女神将会禁止她重新回到地面，”他告诉刻瑞斯，“但我会派行动迅捷的使者墨丘利和春之神一起，去看看能不能救她回家。”

在那段时间里，无论普鲁托在普洛塞尔皮娜面前摆什么样的美食，她从不曾尝过一口。她只是将六粒红石榴籽放在嘴唇上，将它们压出汁来解渴。在拥有枯木逢春和铁树开花魔力的春之神和穿着飞鞋的墨丘利的努力下，普洛塞尔皮娜回到了母亲身边。但每年普洛塞尔皮娜只能在母亲身边待六个月，因为她吞下了六粒石榴籽，剩下的六个月，普洛塞尔皮娜必须回到普鲁托的黑暗王国做他的王后。

没有人对普洛塞尔皮娜在黑暗之国的那几个月表现出过度的担心，她的母亲更是如此。因为每次普洛塞尔皮娜回到地面上，都会带来一些奇妙的变化。她的衣服所触碰到的每一棵树都长出了绿色的枝叶，她所到之处，都会生长出漫山遍野的青草和鲜花。人们恢复了耕种，谷物的新芽也破土而出。

事实上，在刻瑞斯看来，她的另一个孩子——谷物，正恰如其分地诠释着她差点失去的普洛塞尔皮娜的故事。谷物的种子被深埋在地底的黑暗之中，就如同普洛塞尔皮娜被地下的神掳走一样。春之神给了种子新的形态，这似乎是对地球的保佑，就如同普洛塞尔皮娜被带回母亲身边，重见天日。

Chapter

27

自食其果的莽夫

埃律西克通（Erisichthon）决意杀死住在橡树中的树神德律阿得斯（Dryades）。

埃律西克通是整个希腊最强壮的农夫之一。他非常了解谷类女神刻瑞斯和她钟爱的橡树神德律阿得斯。那棵橡树在刻瑞斯喜欢休憩的小树林里已经生长了几个世纪，单单这一棵树就几乎形成一片森林。它比其他树木都高，树冠甚至延伸至远处的灌木丛上。它的树干长度相当于成年人的前臂长度的 15 倍，树根几乎和铁索一样坚固。

在古老的希腊，人们将它视作一棵神树。这棵橡树守护着刻瑞斯的广袤农田，居住在其中的德律阿得斯是刻瑞斯向农场和果园传递信息的使者。树神德律阿得斯是一位苗条、美丽而且永葆青春的女神。她手上带着阳光，她将阳光抛洒在哪里，哪里就会焕发新的生机。

当树林空无一人、一片静谧的时候，其他的树神就会从他们所居住的柏树、橄榄树和松树中轻悄悄地走出来，聚集在橡树上轻歌曼舞，赞美慷慨善良的谷类女神，感谢她给整个希腊带来的美好。有时，刻瑞斯的橡树也会迎来居住在乡村和城市的人们的拜访。他们在橡树树枝上挂上玫瑰和月桂花环，并在树皮上刻下对德律阿得斯的感恩和爱戴。

埃律西克通知道这一切。但他想不花多少力气就为自己的农场添置一批木材。他认为刻瑞斯的橡树本就是属于自己的，因为栽种这棵橡树的时候是他犁的地。因此，埃律西克通认为自己没有理由放弃这棵美好的橡树，即便它是德律阿得斯的住所。于是，他将仆人们召集在一起，给他们发放了削铁如泥的斧头，然后动身前往森林。

当他们到达橡树底下时，埃律西克通的仆人们犹豫了。这棵大树看起来像一座神庙一样恢宏，它的繁茂枝叶遮住了其他的树木，巨大的树干如青铜柱一样直插云霄。每个人都记起了刻瑞斯的恩泽，她为人们带来了苹果、玉米、葡萄和小麦等馈赠，还提供了最肥沃的土地供他们耕作和种植。

“我们不能砍倒它，这是刻瑞斯非常钟爱的一棵树。”一个男人对主人说道。

“我才不在乎它是不是女神所爱，”埃律西克通怒吼道，“如果我把它砍倒，我将不再需要刻瑞斯。有了这些木材，我将变得十分富足，根本不需要再种地。在过去几年里，我一直为刻瑞斯劳作，这是她亏欠我的。即便是刻瑞斯拦在我面前，我也会把她一并砍倒！”他大声说道。

嘴里念叨着不知天高地厚的昏话，这个无法无天的农夫从颤抖的仆人手中夺过一把斧子，朝粗壮的树干砍去。埃律西克通有一股子蛮力，每次都会砍出一道深深的口子。

当埃律西克通朝德律阿得斯居住的树中心砍去时，橡树开始发出痛苦的颤抖和呻吟，但他无动于衷。他命令仆人将绳子捆在树枝上往后拉，并继续砍伐。终于，这棵老橡树轰然倒地，重重地压垮了周围一大片树木。

当巨大的树干躺倒在埃律西克通脚下时，空中传来了树枝的哀叹，就如同夏日微风的呢喃。树叶也开始舞动，仿佛是有鸟儿飞过一般。随后，被埃律西克通深深伤害的德律阿得斯飞回了奥林匹斯山上的众神大家庭。

那些留在小树林里的树神赶紧跑到刻瑞斯那里汇报了这件事。

“这个人必须受到惩罚！”他们呼吁。

刻瑞斯点头同意，田野中的谷物也点头附和，果树也垂下了枝条。当时正值丰收时节，埃律西克通的农场却颗粒无收。刻瑞斯还下令不允许邻居们和他分享收成。

希腊北部被冰雪覆盖的塞西亚（Scythia）山地是一片荒无人烟的不毛之地，没有任何水果或谷物可以生长。这里居住着寒冷（Cold）、恐惧和战栗（Shuddering）三个恶神，但还有一位神比他们三个人更加令人畏惧，她便是饥饿之神（Famine）。她蓬头垢面、眼睛凹陷、嘴唇惨白、骨瘦如柴，居住在一片僵硬的冻土田野上。在那里，她用像爪子一样的手指聚拢起稀疏的牧草，并以此为家。在埃律西克通砍倒了老橡树后，刻瑞斯派德律阿得斯去寻找饥饿之神。

埃律西克通发现，将木材劈成小块并运回农场需要一个月的时间。他决定先回家休整一夜，第二天早晨再开始工作。在完成砍树的艰苦工作之后，他已经饥肠辘辘。但他的晚餐离奇消失了，连一个石榴也没剩下。于是，他决定上床睡觉，试图在睡梦中忘记饥饿。

“我会在早上卖掉一堆木头，”他想，“这样我就有足够的金币来购买食物。”

埃律西克通躺倒在沙发上，很快睡着了。这时，饥饿之神从窗户中飞进来，她盘旋在埃律西克通睡觉的沙发上方，收起翅膀，将毒液注入了埃律西克通的静脉。随后，她飞回了塞西亚，毕竟在丰收的土地上她没有其他的差事可以做。

埃律西克通并没有马上醒来，而是沉醉在睡梦之中。他的嘴巴一张一合，好像在吃东西一样，看得出来他在梦中也非常饥饿。第二天早上醒来时，他感觉自己的饥饿要比前一天严重了一百倍。

埃律西克通卖掉了一些木头，并将所有的钱花在了购买食物上。他吃掉了大量的鱼肉、禽肉、羊肉、水果和蔬菜，但是，埃律西克通吃得越多，越觉得饿。整个雅典的食物似乎都无法满足这个男人的胃口，他需要更多的食物。

在卖掉了整棵橡树的木材之后，埃律西克通开始出售农场的小块土地，以换取食物来缓解可怕的饥饿感。最后，在卖完所有的土地之后，他不得不变卖自己所有的家具、工具、书籍和花瓶。但即便如此，他依然无法获得足够的食物来满足自己的食欲。于是，他卖掉了自己的房子，在旁边搭了一座帐篷栖身，但他的饥饿感依然没有消除。最终，疯狂的埃律西克通卖掉了他唯一的女儿，让她成了一名在爱琴海边撒网捕鱼的渔民的奴隶。

女孩深爱着自己的父亲。当她在岸边为主人收集海草时，她的悲伤让海神尼普顿为之动容。尼普顿将她化身为一匹马。她回到埃律西克通身边，希望父亲在看到如此美好的动物之后，能重新安家立业好好过日子。但是，她的父亲转手将这匹马卖给了一辆战车赛手。女孩逃了出来，再次回到岸边。尼普顿又先后将她变成一只雄鹿和一头耕牛，但每次她回到家之后，都会被父亲卖掉以换取食物。最后，尼普顿将她变成了一只鸟，这只鸟飞到奥林匹斯山，再也没有回来过。

最后，埃律西克通终于无法养活自己了，他已经没有可以变卖的东西了。在强大的饥饿感的驱使下，他就像一只狂暴的野兽，在刻瑞斯丰饶的田野上上蹿下跳，希望能找到一口吃的。

对于所有那些因为破坏了刻瑞斯的法则而被饥饿之神惩罚，并因此倾家荡产的人而言，除非他们努力恢复被践踏的秩序，否则一切努力都将于事无补。但埃律西克通是不可能将那棵长了几个世纪的古树恢复如初的，所以他最终不得不去往远离众神之山的塞西亚，追随饥饿之神生活。

Chapter

28

阿卡狄亚的养蜂人

很久之前，在一个名叫阿卡狄亚，如同世外桃源一样美丽的国家，发生了一件神奇的事情。一位头发浓黑，头戴绿色月桂花环的年轻人坐在一块岩石上，怀里抱着一把七弦竖琴，琴弦中流淌出曼妙的音乐。当他弹奏乐曲的时候，一只让附近许多牧羊人都恐惧的孤狼从树林里走了出来，像一条温顺的大狗一样在他面前趴下来。接着，附近的橄榄树开始侧头倾听，并不断向他靠拢，直到在他脚边围成一个圆圈。音乐家所坐的那块坚硬的大石头上长出了柔软且苍翠的绿植，风信子和紫罗兰也钻出古老的岩石，昂起头侧耳倾听。

当阿波罗之子俄耳甫斯弹奏起父亲赠予的这把七弦琴时，总是会出现这种情况。俄耳甫斯的音乐有着吸引一切的魔力，不仅是农夫和牧羊人，阿卡狄亚森林中居住的仙女们和原野上半人半羊的农牧神们也会被他的曲调所吸引和软化，甚至凶猛的野兽也会变得温顺，陶醉在乐曲中无法自拔。

俄耳甫斯再一次拨动他的七弦琴，演奏了一首更曼妙的乐曲。林中仙女欧律狄刻（Eurydice）从森林中轻盈地走出，静静地坐在他身旁欣赏。最终，俄耳甫斯的音乐俘获了她的芳心，在婚姻之神许门（Hymen）的牵线撮合下，两个情投意合的人在一起了，并且希望永生不会分离。

整个阿卡狄亚都被俄耳甫斯的琴声迷住了，但有一个人却打心里不喜欢音乐，他便是养蜂人阿里斯泰俄斯（Aristaeus）。事实上，阿里斯泰俄斯眼中容不下任何美好的事物，不管是阿波罗神庙中的雕像和花瓶、织工使用许多柔和色彩装饰的挂毯、绚烂多彩的野花，还是雨后天空中的彩虹。除了那些流淌着金黄蜂蜜的蜂巢，以及它们的数量和能换取的金币数量，这个养蜂人对其他任何事情都提不起兴趣。阿里斯泰俄斯不仅自己不喜欢美好的事物，而且还容不得别人喜欢它们。真是一个性情乖戾的怪老头，不是吗？

所以，当俄耳甫斯开始在阿里斯泰俄斯的农场附近弹奏七弦琴时，阿里斯泰俄斯感到特别不舒服。当俄耳甫斯的心上人欧律狄刻找到阿里斯泰俄斯，并请求他为他们准备好美味的蜂蜜晚餐时，他更是大为光火。欧律狄刻是如此的温柔可爱，笑容美艳如花，阿里斯泰俄斯却心生厌恶。他不仅粗暴地拒绝了女神，而且还满农场地驱赶她。

在这之前，没有人胆敢如此粗鲁地对待欧律狄刻，甚至连潘都亲自为她采集鲜花编成花环，而不是将她看作和其他林中仙女一样，戏弄一番。但现在的情况是，她在一个距离俄耳甫斯很近的地方，被一个丑陋而且暴脾气的乡巴佬驱赶。欧律狄刻像一阵风一样在前面跑，暴躁的养蜂人在后面拼命追。欧律狄刻跑得很快，她原本可以安全地跑进丛林中，但她不小心踩到了一条盘踞在草丛中的蛇。蛇恶狠狠地在她的赤脚上咬了一口，欧律狄刻毫无防备地栽倒在地上。

“真是活该！”养蜂人愤愤地说道。他没有去看欧律狄刻伤得有多重，而是转身回到了他的蜂群之中。

神话故事告诉我们，阿里斯泰俄斯是地球上第一个养蜂人。在众神为地球创造出小的生灵时，他们同样创造了蜜蜂，并教会它们如何在空心树木或者岩洞中建造自己的家园，如何在花丛中找到花粉并制造出浓郁的金黄色蜂蜜。阿里斯泰俄斯是水中仙女昔兰尼（Cyrene）的儿子，当他刚来到阿卡狄亚时，心中还保留着对潺潺流水与和煦阳光的美好记忆。但在他掌握了如何吸引蜜蜂到他的农场，取出并卖掉蜂蜜赚钱之后，除了生意，所有的东西都被他抛到九霄云外。正是从那时开始，他变得厌恶俄耳甫斯，并且对生活中的美好熟视无睹。

“今天有三个蜂巢要分群，”养蜂人在回家的路上盘算着，“这样的话，蜂蜜应该可以卖一大笔钱。”随后，他回到果园，来到悬挂蜂巢的那堵墙面前。但眼前的场景让他大吃一惊，蜂巢连同蜜蜂都消失得无影无踪——没有了嗡嗡声，没有了蜇刺，甚至连一滴蜂蜜也没有留下！

在接下来的几天里，阿里斯泰俄斯将整个乡下地区找了个遍，却一无所获。最后，他决定放弃搜索。和很多遇到麻烦的孩子一样，他也做了同样的事情，去找了母亲——水中仙女昔兰尼。

他来到母亲居住的那条河的河边，大声呼喊母亲。

“哦，妈妈，我生命中最为骄傲的东西被人偷走了。我失去了珍贵的蜜蜂。我的付出和技巧换来的是一无所获，我该如何走出这个不幸的打击？”

阿里斯泰俄斯的母亲端坐在水底的宫殿中，侍女在旁边忙碌着。她们有的在水草中纺纱并编织出美丽的图案，有的在鹅卵石上绘画，还有一名在讲故事，逗得其他人哈哈大笑。但养蜂人悲伤的声音打断了她们。听到水面传来的抱怨，昔兰尼让一名侍女浮出水面。侍女看到是阿里斯泰俄斯，赶紧回到水底报告。昔兰尼差人将阿里斯泰俄斯带到了河底。

在昔兰尼的命令下，河流闪开了一条通道，像两座大山一样站立在一旁，让阿里斯泰俄斯通过。养蜂人来到河底，那里是很多大河的源头所在。他看到了巨大的岩石河床，水从那里涌向四面八方，供应地面上的河流，所发出的声响震耳欲聋。随后，阿里斯泰俄斯来到用贝壳和石头建造的宫殿，走进母亲的房间，诉说他所遇到的麻烦。

久居于生命之源水域的昔兰尼自然是富有大智慧的。她马上意识到自己的儿子犯了一个错误——将美和实用生硬地割裂开了。阿卡狄亚固然需要蜂蜜，但也需要俄耳甫斯和他的诗琴。众神就是因为他的利欲熏心而惩罚了他。但他毕竟是自己的儿子，昔兰尼决定帮助阿里斯泰俄斯走出困境。

“我的儿子，你应该去找老普罗透斯（Proteus），他是为海神尼普顿饲养海豹的牧人。”昔兰尼说道，“他会指引你如何找回蜜蜂，因为他是一个伟大的先知。但是，你必须对他来点硬的，他才会帮助你。如果你有机会抓到他，就要立即把他捆起来，他会通过回答你的问题来换取自由。我会引导你去他每天中午小憩的山洞，这样你可以很容易地抓到他。当他发现自己被锁链捆住的时候，可能会发出像火焰爆裂一样的啪啪声，吓得你松开锁链；或者会化身为一头野猪、一只猛虎、一头张着血盆大口的狮子、一条吞噬一切的巨龙，但你要做的就是牢牢捆住他。当他发现这些伎俩都无济于事的时候，就会恢复原来的模样，并对你言听计从。”

昔兰尼将阿里斯泰俄斯带到河边的一处洞穴中，并告诉他藏身在岩石后。随后，她自己飘向天空，躲在云朵后面。刚过正午，年迈的普罗透斯便从水中上了岸，他身上还挂着淌着水的绿色水草，身后跟着一群海豹，它们在海滩上散开晒太阳。牧人清点完海豹的数量，就坐在山洞的地面上休息，不一会儿就伸展了身体，进入了梦乡。阿里斯泰俄斯耐心地等到他开始打鼾，才用专门准备的粗重锁链捆住了他。

普罗透斯一觉醒来，发现自己被捆住了。他像海湾中那些狂野的动物一样愤怒地挣扎。随后，他开始喷射火焰，变成各种各样的恐怖动物，但阿里斯泰俄斯从未放松过捆住他的锁链。最终，普罗透斯变回原形，愤怒地质问阿里斯泰俄斯：“你到底是谁，胆敢闯入我的领地！你想要干什么？”

“你已经知道了，”养蜂人回答道，“因为你拥有先知的力量。没有什么能瞒得过你。我失去了我的蜜蜂，我希望找回它们。”

听到这些话，先知怒目圆睁，直盯着阿里斯泰俄斯看。

“你的麻烦是自找的。众神之所以惩罚你，是因为你杀死了欧律狄刻，”他说道，“为了报仇，她的仙女同伴们毁掉了你的蜂巢。”

“我杀了欧律狄刻？”阿里斯泰俄斯惊讶地问道，“她再也听不到俄耳甫斯的音乐了吗？”

“是的，但不是在阿卡狄亚，”普罗透斯解释道，“她被毒蛇叮咬之后，不得不独自前往冥王普鲁托的黑暗领地。俄耳甫斯将他的悲伤演奏给天空的众神和地面的众人听，并开始疯狂地寻找欧律狄刻。他穿过成群的恶鬼，进入暗无天日的冥河（Styx）境界。在普鲁托的王座前，他奏出了希望欧律狄刻回到自己身边的渴望，连命运三女神都感动得泪流满面。

“普鲁托被俄耳甫斯的音乐打动，将欧律狄刻叫到了他的面前。她拖着受伤的脚，一瘸一拐地来到俄耳甫斯面前。如今，他们一起徜徉在神的幸福田野中。他们相互引导，相互搀扶。朱庇特将俄耳甫斯的七弦竖琴安放在了群星之中。”

当阿里斯泰俄斯听完这个故事时，懊悔地瘫倒在地上。

“那我应该怎么做，才能弥补我的罪过，并消解众神的愤怒？”他问道。

“你可以利用自己的造诣，为他们两个在阿卡狄亚的乡村建造一座神庙，那里是他们非常钟情的地方。”普罗透斯回答道，“回家吧，暂时忘记你曾经的成就，去寻找合适的石材，为他们建造祭坛。”

养蜂人照做了。他发现自己爱上了这项工作，他喜欢切割和抛光宝石，直到它们可以媲美希腊任何一座神庙的宝石才心满意足。当他在树林中为神庙挑选木材时，不管是鸟儿的歌唱、溪流的涟漪，还是拂过树叶的微风，都会让他联想到俄耳甫斯的七弦竖琴发出的曼妙音乐。他发现这一切都非常美妙。

在美丽祭坛建成后不久，阿里斯泰俄斯目睹了一场奇迹。春暖花开，附近的果园中繁花怒放，洁白如雪而且芳香扑鼻。他的所有蜜蜂都回来了，在欧律狄刻神庙的周围开始建造新的蜂巢。

Chapter

29

波摩娜的果园

波摩娜（Pomona）是一位树神。一开始，维纳斯给了她一棵野苹果树安家。波摩娜在苹果树枝叶的荫蔽下长大，并悉心呵护着这棵苹果树。冬天，她保护花蕾免受风雪严寒的打击；春天，她为自己穿上用粉红色苹果花制作的衣服；秋天，她亲手采摘下丰收的硕果。她发现她对这棵果树的热爱远超于生命中的其他事物。最后，波摩娜种下了地球最早的一片果园，并住在果园中精心打理。

树神是众神们最喜欢的孩子，她们生活在古老的树林和果林中，每一位树神都住在专属于自己的树上。她们穿着飞扬的绿色服装，在林间的小路上翩然起舞，步履如风一样轻盈。她们会和着潘的笛声放声歌唱，也会笑着躲开半人半羊的农牧神的追赶。但波摩娜很少和她们在一起，森林中的树神们都知道她忙着栽种供众神享用的水果。

在她栽种的果树上，深绿色的叶子中间挂着金黄色的橘子和明黄色的柠檬。除了香橼和酸橙，她还栽种了大片的罗望子树。这对希腊医生埃皮克提图（Epictetus）而言，是一个巨大的宝藏，因为他需要用罗望子树的果实给高烧的病人降温。

那些藏身于苔藓后的林中居民会爬到波摩娜果园的墙头，看着她在果园里忙活。他们是一个很奇怪的群体。潘来自阿卡狄亚，在那里他是司掌牧群和牧人的神。他用河流中的芦苇制成笛子，吹奏出最欢快的音乐。他的音乐中有婉转的鸟鸣声、潺潺的溪流声和轻拂的微风声。潘和他的半人半羊农牧神家族一起来到森林中。他们的身体上长满了毛发，头上顶着犄角，有着形状如羊蹄的脚。潘和其他的农牧神有着一样的奇怪外形，但他的头上戴着一只松树花环，以表明他的与众不同。

在一年中的大部分时间里，这些半人半羊农牧神们和波摩娜的树神姐妹们都会满心期待地关注着果园，从春木发枝到秋果累累。看着波摩娜打理果树是一桩赏心悦目的事情。她手里随时会拿着一把修枝刀，就如同朱庇特拿着自己的权杖一样，脸上写满了骄傲和自豪。她使用修枝刀剪掉过于繁密的树叶和畸形的树枝，有时还会熟练地剪下一段小枝，然后嫁接到另外一棵树上，尝试培育出新的更甜美的水果。

波摩娜甚至专门引来清澈的溪水浇灌果树，以使它们免受干旱之苦。波摩娜早就将自己视作果园的一部分。她经常头戴用鲜艳的水果制作的花冠，怀中抱着一大堆苹果，它们的颜色和大小堪比赫斯帕里得斯仙女们金苹果园中的苹果。

树神和农牧神们恳求波摩娜送他们一些苹果，哪怕一只也行。但波摩娜全部都拒绝了。看着自己的果园一点点变成现在的完美状态，她变得自私起来，哪怕是一只苹果，她都舍不得给别人。因此，她总是紧锁大门，于是，那些林中居民们只好悻悻而归。

在那段日子里，维尔廷努斯（Vertumnus）是司掌季节的其中一个小神。在听说了波摩娜果园的盛名之后，他突然萌生了加入果园，和波摩娜一起打理果园的想法。于是，他派出一些鸟儿为使者，向波摩娜表达了自己的意向。但和潘的那些兄弟以及波摩娜的那些姐妹一样，他也遭到了拒绝。波摩娜决心已定，她不会和世界上任何人分享自己的果园。

但维尔廷努斯不是一个轻言放弃的人。他会变身术，于是决定乔装打扮，看能不能赢得波摩娜的同情，让她用水果交换一些谷物。金秋十月的一天，艳红和金黄的大苹果压弯了枝头。果园门口来了一位刚收获完庄稼的农夫，他为波摩娜带来了一篮子的玉米穗。

“我不要钱，”他对女神说，“你只需要用一篮子水果来换就行。”

“我的水果是不会送人的，也不会拿来交换。它们都是属于我一个人的，除非有人能把它们抢走。”波摩娜回答道。

第二天，一位农夫在果园前停了下来，手里拿着一只赶牛棒。他看起来是刚将自己的牛从干草车的车轭中解放出来，让它们在河边休息，然后来讨一点吃的喝的。波摩娜请他进入果园休息，但是没有给他哪怕是一只苹果。太阳快要落山的时候，她开始催促这位不速之客离开。

在接下来的几天里，维尔廷努斯换了多种伪装来接近波摩娜。有一次，他拿着一把修枝刀，扛着一把梯子，假装自己是一名葡萄园丁，并向波摩娜表达了自己愿意爬上树帮她收获苹果的想法。随后，他又假扮一名需要施舍的退伍老兵，希望用一根钓竿和一些鱼换一只苹果。每次维尔廷努斯乔装出现之后，波摩娜就会发现自己变得更加漂亮了，果园的收成也更好了。但她收获得越多，就越贪婪。她依然拒绝分享苹果，半个也不行。

最后，当葡萄藤上被充盈着紫色汁液的葡萄压弯了腰，差点就要贴到地面上的时候，一个陌生的老妇人蹒跚地沿着大路走到了波摩娜的果园门口。她的头发苍白，靠一根拐杖才勉强能站住。波摩娜打开了门，将这个干瘪的老妇人请进来。老妇人坐在水渠边，欣赏着这些果树。

“你值得为你的果园骄傲，我的孩子。”她对波摩娜说。

随后，她指向一棵缠绕在老橡树树干和枝丫上的葡萄藤。橡树粗壮而且结实，葡萄藤牢靠地攀附在上面，结出一串串紫色的葡萄。

“如果没有依靠，”老妇人向波摩娜说道，“任何一棵葡萄树都没法结出果实。除了那些一无是处的叶子，什么也没有。如果没有别的树可以依靠，那么它只能匍匐在地上。”

“你应该从葡萄藤身上吸取教训。如果你肯打开大门欢迎维尔廷努斯，你的果园肯定会更加丰收。就像是葡萄藤要依靠橡树一样，他可是司掌季节的神。众神们乐于分享他们给地球的馈赠，只为自己活着的人注定是不能长久的。”

“和我说说这个维尔廷努斯吧，老人家。”波摩娜好奇地问道。

“我就像了解自己一样了解他，”老妇人回答道，“他不是一个居无定所的神，而是属于我们这片美丽土地的山丘和牧场。他年轻英俊，可以幻化成任何自己希望的样子。他和你有着相同的爱好——园艺和打理果园。维纳斯赐给你一棵苹果树，让你有了一个家。但她不喜欢铁石心肠的人，如果你依旧坚持不让任何人分享你的果园，她可能会召唤霜冻来摧毁刚结出的果实，并刮起大风将果树的枝条折断。”

波摩娜惊恐地握紧了双手，她突然领悟到老妇人所说的道理。她记得有一年春天，暴风雨卷着冰雹将苹果花打落；而有一年秋天，还不等她收获苹果就遭遇了霜冻。

“我将向这个国家的所有人，甚至是陌生人开放果园，”她说道，“如果维尔廷努斯依然愿意和我一起打理果园的话，我将在这里恭候他。”

正当波摩娜说话的时候，老妇人站起身来。她的白发变成了一缕缕的黑发，满是皱纹的脸变得红润，因赶路而污迹斑斑的外套变成了黄褐色的园丁服，手中的拐杖也变成一把修枝刀。对于波摩娜而言，维尔廷努斯犹如一道刺穿乌云的阳光一样，出现在了她的面前。她以前从未仔细打量过维尔廷努斯，她那双自私的眼睛其实从来没有正眼看过任何人。维尔廷努斯和波摩娜开始共同收获，并打开了果园的大门，欢迎人们来分享收获的喜悦。

随后，农牧神们在潘的笛声伴奏下热烈地跳起舞来，树神们也在树干中找到了新家。维尔廷努斯和波摩娜在果树和藤蔓的修枝、剪枝和嫁接中通力协作，季节神们则确保一年四季都风调雨顺。

河神阿刻罗俄斯专门绕道维尔廷努斯和波摩娜的果园，他还请来了丰收女神（Plenty）。丰收女神的丰收号角被苹果、梨、葡萄、橘子、李子和香橼等各种各样的水果填满，直到再也装不下为止。自从在金秋十月波摩娜开放了她的果园并和大家分享苹果开始，这里就一直充盈着美好、丰收和欢声笑语。

Chapter

30

普赛克梦圆奥林匹斯山

很久很久以前，一位希腊国王有三个漂亮的女儿。其中，普赛克（Psyche）是最小的，也是最美丽的。她那可爱的面庞和全身所散发的魅力如此之大，以至于来自邻国的陌生人都争相目睹。他们以致敬维纳斯（Venus）的方式对待普赛克。每当普赛克经过时，人们都会为她高唱赞歌，并且在她前面的道路上洒满鲜花和花环。维纳斯的神庙慢慢地被人们遗忘了。

维纳斯有一个儿子，名叫丘比特（Cupid）。与奥林匹斯山上的其他神和地球上的凡人相比，他是维纳斯最亲近最喜爱的人。和每个母亲一样，维纳斯对丘比特的未来有很高的期望。但是，丘比特并不太受她的管教。他长有一双翅膀，经常手拿自己金色的弓箭和凡人玩耍。当维纳斯发现儿子与地球上的美丽少女普赛克坠入爱河时，满腔的怒火终于爆发了。王子和平民之女结婚虽然是童话故事中的经典情节，但由于卑微的出身，王子是没法将她带回王宫的。同样，维纳斯根本不承认普赛克的地位，也没有在众神的大家庭中给她留一席之地。

但丘比特和普赛克在地球上有一处非常美妙的宫殿。宫殿有金色柱子支撑的穹顶，房间的墙壁上挂着五颜六色的绣花挂毯。当普赛克需要食物的时候，她只需要坐到一间小屋中，一张餐桌就会自动出现在她面前，上面摆满了稀有的水果、美味的蛋糕和蜂蜜，根本不需要仆人动手。如果她想要欣赏音乐，就会有看不见的诗琴奏响美妙的乐曲，还伴随着悦耳的合唱。但奢华的生活没有让普赛克感到开心，因为大部分的时间她都独身一人。维纳斯不能完全将丘比特从普赛克身边带走，只允许他在晚上和普赛克待在一起。在天亮之前，丘比特必须离开。

普赛克的家族中流传着一个可怕的预言，也是国王得到的一个神谕：“你最小的女儿注定会属于一个怪物，不管是神还是凡人都拿它没有办法。”

一想到这里，普赛克的心中就充满了恐惧。她的姐姐们向她询问关于丘比特的各种问题，普赛克不得不承认自己无法确切描述他，因为她从未见过他白天的样子。于是，嫉妒的姐姐们立刻开始用阴暗的揣测给普赛克洗脑。

她们问道：“你怎么敢保证，你的丈夫不是一条可怕的毒蛇？他虽然暂时会拿这些美食哄你开心，但说不准最后你将成为他口中的美食。听我们的准没错。今晚，给自己准备一盏装满油的灯。当这个家伙回来睡觉的时候，进入他的房间，看看我们的推测是不是对的。”

普赛克试图拒绝姐姐们的提议，但她们不依不饶，激起了普赛克强烈的好奇心。她给灯装满了油，在丈夫入睡之后，默默地走到他的卧榻前，将灯举过丘比特的头顶。

丘比特躺在那里。他是众神中最美丽的一个，全身上下都散发出优雅！他有着纯净如雪的额头和绯红如桃的脸颊，头顶金色的卷发如同一只王冠。两只翅膀从他的肩膀伸出，翅膀的羽毛如同果园中柔软的白色花朵。感觉丘比特没有什么好怕的，普赛克松了一口气，将身体凑上前去。她将油灯稍微倾斜了一点，以便更清楚地欣赏丘比特的面庞。但正当她弯下腰时，一滴滚烫的油落在了丘比特的肩膀上。丘比特猛地惊醒，睁开眼盯着普赛克。随后，他不发一言，张开宽大的翅膀，朝着窗外飞去。

普赛克试图追上去，但她没有翅膀，只能跌落在地面。丘比特停了下来，转身看到普赛克躺倒在地上，激起尘土飞扬。

“愚蠢的普赛克，”他说道，“你为什么要以这种方式回报我的爱情？我为了你敢违抗母命与你结婚，你为何还不能相信我？我不会对你有任何惩罚，但我会永远离开你，因为爱情容不下半点怀疑。”说罢，丘比特飞离了普赛克的视线。

普赛克不得不踏上漫长的寻夫之路。她日夜兼程，追随丘比特的足迹，不吃不喝，不眠不休。一天，她看到高耸的山顶上坐落着一座宏伟的神庙，便千辛万苦地来到它的面前，对自己说：“也许我的爱人就住在这里。”

当普赛克进入神庙时，映入她眼帘的是大量的玉米，其中一些已经被捆在一起，而另一些则杂乱地堆在一旁，有的还和大麦混杂在一起。镰刀、耙子还有所有其他的收获工具都散乱着，似乎收割者在结束一天的劳作之后，已经无力去整理。尽管普赛克很悲伤，但她实在无法忍受这种混乱，于是开始整理。她是如此的专注，以至于没有注意到神庙的主人谷类女神刻瑞斯的出现。最后，普赛克看到这位带来丰收的女神，她穿着水果镶边的衣服，站在她的身旁。

“可怜的普赛克！”她怜悯地说道，“或许你可以尝试去众神的居所，丘比特的家就在那里。去向维纳斯服个软，并尝试用自己的行动来赢得她的宽恕，说不定她还会帮助你。”

普赛克采纳了刻瑞斯的建议，虽然这需要很大的勇气。终于，她来到维纳斯位于底比斯的神庙。维纳斯虽然很生气，但还是耐着性子接见了她。

“不幸的普赛克，”她说道，“要想获得众神的支持，你只能靠自己的努力。至于我，还将考验你持家的技能，看看你是否能任劳任怨。”

说完这些话，维纳斯将普赛克带到了与她的神庙连通的仓库。仓库中堆放了大量的粮食，还有维纳斯喂鸽子用的黄豆、扁豆、大麦、小麦和小米。

“去将所有这些谷物区分开来，”女神对普赛克说道，“同类的放到一堆，你需要在晚上之前完成。”说完，她便离开了，仓库中只剩下面对几乎不可能完成的任务而表现得有些惊愕的普赛克。

普赛克将手指插入金色的谷物中抓了一把，花了很长的时间才分拣完成。而她的四周依然是成山的谷物。她所完成的，不过是沧海一粟而已。

“我根本完不成，我再也见不到我的丈夫了！”普赛克哀叹道。

但她还是坚持着干下去。最后，一只生活在土地中的小蚂蚁恰巧经过。它在爬过地板的时候，看到了悲痛欲绝的普赛克，顿时心生怜悯。它是这片领地的蚂蚁国王，身后跟着无数红色的子民。蚂蚁们将谷物一粒粒分开，整齐地一堆堆放好。工作完成之后，蚂蚁们迅速离开了，就像它们的突然出现一样。

傍晚时分，维纳斯从众神的宴会上回到神庙。她头戴着玫瑰花的花冠，浑身散发着甘露的芬芳。看到普赛克已经完成任务，她几乎不敢相信自己的眼睛。

“你一定是找了帮手了，”她说道，“我明天将给你更艰巨的任务。在我的神庙之外的河边有一大片草地，那里有一群背上长着金色闪亮羊毛的绵羊，但是没有哪个牧人能驾驭得了它们。你要从每只绵羊身上采集一些珍贵的羊毛，然后带回来交给我。”

普赛克再次接受了任务，但这是一次需要冒着生命危险并要求极大耐心的考验。当她来到那片草地上时，河神通过灯芯草小声地向她发出了警告。

“当太阳照在绵羊身上时，千万不要到羊群中冒险。”河神告诉普赛克，“太阳冉冉升起的时候，所带来的炙烤会点燃公羊的怒火，然后它们会用锋利的牙齿将凡人撕碎。但等到黄昏的时候，你会在灌木丛和树干上发现它们的金色羊毛。”

在仁慈的河神的帮助下，普赛克再一次完成了维纳斯的任务。傍晚时分，她抱着一大堆金羊毛回到了神庙。

但维纳斯仍不满意。

“下面是第三项任务，”她告诉早已疲惫不堪的普赛克，“把这个盒子带到普鲁托的领地，然后把它交给普洛塞尔皮娜，并对她说：‘我的女主人维纳斯，希望你能赠予她一些美貌，她因为照顾被普赛克烫伤的儿子而损失了一些容貌。’但你必须要快，在下次我去奥林匹斯山和众神聚会的时候，我需要用到它。”

普赛克感觉这次真的是凶多吉少。通往阴森恐怖的普鲁托地下王国的道路危险重重，有些甚至是致命的。但普赛克决定重新鼓起勇气，去面对每一项必须应对的挑战。她带着盒子动身出发了，有惊无险地通过普鲁托的三头看门狗刻耳柏洛斯（Cerberus）的把守。她还战胜了摆渡人卡戎（Charon），让他载着自己渡过黑暗的河流。最后，她成功说服普洛塞尔皮娜装满盒子，重新回到光明之地。

如果普赛克不好奇的话，事情将会顺利得多。正因如此，她回到神的居所的道路变得更加漫长和艰难。普赛克虽然心地善良，但毕竟是个凡人。在完成了这项危险的任务之后，她想要打开盒子看一看。

“我只需要其中的一点点美丽，”普赛克心想，“这样丘比特再看见我时，我会更加漂亮。”

于是，她小心翼翼地打开了盒子，里面根本没有任何美丽，而只有一小瓶药水。因为这瓶药水，普赛克昏睡在路旁，没有动作，没有呼吸，也没有记忆。

所幸，丘比特找到了她。他的伤口已经愈合，对她的思念也与日俱增。他从维纳斯的宫殿的窗缝中溜了出来，直奔地面上普赛克昏睡的位置。他将那些致命的睡眠魔法从普赛克体内抽出，重新装回盒子中。随后，丘比特用箭轻轻触碰了普赛克，将她唤醒。

“你的好奇心差一点再次害死你，”普赛克向丘比特伸出手臂，丘比特说道，“但好在你完成了母亲交代的任务，剩下的事情交给我吧！”

丘比特像鸟儿一样快速飞回奥林匹斯山，恳求朱庇特接纳普赛克。最终，朱庇特同意让这个凡人的女儿加入众神的大家庭。他派使者墨丘利将普赛克带回来，并给她一杯芬芳的甘露，让她完成从人到神的转变。

据说，当普赛克动身前往奥林匹斯山的时候，是一个长着翅膀的生物，有人说是地球上从未见过的漂亮蝴蝶，从一座花园中翩然飞出，张开有力的翅膀朝太阳飞去。于是，人们将普赛克的故事视作另一个破茧成蝶的故事。普赛克克服重重困难，挺过普鲁托的睡眠魔咒，终于在众神中有了一席之地。在希腊语中，普赛克这个名字还有另外一重含义——灵魂。

Chapter

31

墨兰波斯与动物朋友们

希腊人墨兰波斯（Melampos）的屋前有一棵空心橡树，里面住着一窝大蛇。

墨兰波斯是一位农民，尤其擅长种庄稼和打理果树，并且喜欢一切在野外生活的事物。甚至连一只扛着一粒沙急匆匆赶往蚁巢的蚂蚁，他都不忍心捏死。虽然他并不喜欢蛇，但他认为它们住在一棵无人问津的树中没有什么问题。

“除非我们打扰到它们，否则它们是不会伤害我们的，”墨兰波斯告诫他的仆人们，“让它们待在那里吧！或许，等天气暖和一些，它们自己就跑到附近的沼泽地里了。”

但是，墨兰波斯的仆人们并不像他一样肯定这些蛇是没有威胁的。

“我们的主人现在像个老小孩一样糊涂，”他们嘀咕道，“等下次他赶着车去城里送粮食的时候，我们就把蛇的老窝给端掉。”

他们说到做到。墨兰波斯离开之后，他们一把火将蛇窝烧了个精光，至少他们是这样认为的。那天下午，从城里回来的墨兰波斯坐在凉棚下休息，并享用面包和葡萄晚餐时，突然感觉到一双黑眼睛在草丛里凝视着他。随后，草丛中探出一个圆圆的绿色脑袋，接着是一段长长的身体。那是一条年幼的大蛇，所幸在蛇窝被烧毁的时候没有受伤，于是它到主人这里寻求保护。墨兰波斯警惕地观察了周围，确认没有人注意到他。

“不管哪个仆人看到我，都会认为我是疯了。”他对自己说道，“但我为这个小家伙的遭遇感到难过，并决定和它成为朋友。”在确认周围没有人之后，他将一片面包掰成小块，扔给了那条年幼的大蛇。在吞下最后一块面包之后，大蛇心满意足地爬开了。它是如此的悄无声息，除了爬过的青草上留下一道长长的线，没有留下任何痕迹。

第二天，那条大蛇又来了。第三天也是如此。它看起来总是饥肠辘辘，每次都昂着头，用它那好奇又明亮的眼睛盯着墨兰波斯看。直到有一天，当墨兰波斯像往常一样掰碎面包和它分享的时候，突然听到一个声音：“众神一直在考察你的友善，墨兰波斯。”

那个声音继续说道：“他们决定以你最喜欢的方式犒赏你——

墨兰波斯将面包掰成小块，喂给年幼的大蛇

已经赐予了你听懂野生动物语言的能力。”

墨兰波斯环顾四周，没有发现一个人。随后，他的目光和大蛇的目光相对，突然意识到刚才是它发出的声音。对于墨兰波斯而言，奇妙的经历才刚刚开始，因为众神赐予了他一份如此美妙的礼物。

那天之后，那条大蛇再也没有出现过。但就在当天晚上，一只树蟾和墨兰波斯说话了。

“给你的橄榄树浇透水，墨兰波斯，”蟾蜍说道，“旱季马上要来了。”

这真是一条及时的警告。墨兰波斯有一片橄榄树苗，需要非常精心的呵护。墨兰波斯给树苗喷了水并给树根浇了水。他对树蟾的建议非常感激。

在连续好几天的干燥天气之后，当墨兰波斯正走在去城里的路上时，路边的一只蚱蜢和他说话。

“快回去，墨兰波斯。回去把麦垛收到仓库里。”蚱蜢说道，“朱庇特准备给地球降一场雷雨。”

事实的确如此。墨兰波斯刚回到庄稼地，招呼仆人将成熟的麦垛盖好，天空便阴沉下来，山顶传来隆隆的雷声。一时间狂风大作，暴雨倾盆，但墨兰波斯却保住了自己的收成。

从那之后，所有的野生动物都会和墨兰波斯交谈。墨兰波斯膝下无儿无女，这给了他莫大的慰藉。如果他在森林中一片长满苔藓的河岸坐下来休息，他的动物朋友们会马上围拢过来。小野蜂会落在他面前的一根树枝上，告诉他周围哪里有淌着金黄蜂蜜的蜂巢。蝴蝶会停在他那沾满泥土的手上，告诉他哪条小溪旁有一大片黄色的水仙花。灌木丛中的小鸟会为他歌唱，歌声中讲述了潘和树神们的快乐时光，并告诉他如何找到丛林深处他们经常聚会的场所。

墨兰波斯一生中从未有过如此欢愉的时光。他是一位出色的农夫，每年农场的收成都不错。与野生动物们帮他找到的特别食物相比，他更珍惜与它们之间的友谊。于是，他更频繁地来到树林和田野中，与那些野生动物聊天。

又是一个收获的季节，墨兰波斯将夏小麦拉到集市上卖了一大笔钱。在返程的路上，他经过一段杳无人烟的森林小径，满心希望能听到潘那欢快的乐曲在林中回响。他根本没有注意到危险的靠近。他的头突然被重重地砸了一下，整个人瘫倒在地上，卖小麦的钱也被抢走了。随后，他被绑得动弹不得，扔到马背上带进了森林的深处。

这片森林并不是潘和他的朋友们居住的地方，而是一片黑暗、阴森的森林。周围是如此的安静，以至于树枝掉落在地面的声音都犹如利剑击碎目标一样响亮，除了他们，没有任何人经过。强盗们将他带到了一座像监狱一样的堡垒里。堡垒从屋顶到地板都使用橡木板建造，非常古老。堡垒的外面完全由常青藤覆盖，看起来就像是森林的一部分。

墨兰波斯被关在一个小屋中，周围的墙上只有一扇小窗户。他不怎么能见到那些把自己劫持到这里的家伙，因为他们只是每天一次地将干硬的面包皮扔进来。但他可以听到他们数抢来的钱币和骂骂咧咧的声音。接着，他听到了铠甲碰撞和击剑的声音。

“他们要杀了我。”他想。他茫然地看着墙上阳光勉强才能透进来的狭窄缝隙。

“如果我能够向林中的鸽子招手，告诉它我的困境，它可能会向我的朋友们传递信息。”他叹了口气，“或者我可以找啄木鸟将窗洞扩大，这样我就可以逃出去了。”

就在这时，墨兰波斯听到房间天花板的顶梁上传来沙沙声，接着一个很小的声音对他说。

“我们可能比任何其他生物都擅长教您如何逃脱。”它说道，“这么多年来，这片森林一直属于我们。虽然我们很小，但只需要很短的时间，我们就可以让这里灰飞烟灭，重新变成适合树木生长的土壤。”

墨兰波斯大吃一惊。他环顾四周，却什么也没有发现。

那个声音继续响起：“任何木头，或者居住在木头房子里面的人，都不能抵御我们所带来的危险。我们已经在这座堡垒的横梁和其他木头中蛀了成千上万个孔。现在它们中间已经被挖空，整座堡垒已经摇摇欲坠了。”

突然，墨兰波斯发现了声音的来源。透过头顶上一根横梁的一个节孔，一只木蛀虫正在凝视着他。木蛀虫和同伴们已经掏空了建造堡垒的木板，现在它甚至还没有一座纸糊的小屋安全。

“我们注定要在劫难逃。”墨兰波斯告诉当晚给他送来食物的那位强盗。

“在劫难逃，什么意思？”强盗惊恐地问道。和大部分同伙一样，他也只是外强中干而已。

墨兰波斯给他看了那些已经被虫蛀成空洞的木头。强盗立即招呼同伙，让他们知道现在所面临的危险。他们决定必须立即逃离堡垒，并且放走墨兰波斯。在堡垒中再待上几个月无疑是很危险的，在冬季暴风雪过后，堡垒就会轰然崩塌，成为蚂蚁和蟋蟀冬季的藏身之所。墨兰波斯回到了农场，继续和那些昆虫、鸟类和四足动物朋友们畅谈。他是第一个拥有这类朋友的凡人。他的行为，也感染和影响了其他人，他们也在善待这些看似微不足道的野生动物中获得了快乐。

Chapter

32

女猎手变熊记

虽然朱诺贵为众神的王后，但她有着和凡人一样的致命弱点。她的嫉妒心极强，尤其是对地球上的美丽少女。她总担心有朝一日，她们的美貌会俘获朱庇特，让他在奥林匹斯山众神的大家庭中给她们安排一席之地。所以，朱诺在第一次看到女猎手卡利斯托（Callisto）时，便打心眼儿里排斥她。

朱诺其实很羡慕卡利斯托的生活，能够无忧无虑地漫步在丛林中，那里有潘弹奏着曼妙的音乐，树神（Dryads）们一年四季快乐地打闹嬉戏。朱诺甚至嫉妒卡利斯托无忧无虑的快乐生活。毕竟，她每天可以专注于追赶猎物，不用担心被一些王室的职责所打扰；也不用头戴笨重的王冠，而任凭微风拂过那飘逸的黑色长发。卡利斯托非常尊重朱庇特和朱诺这些大神，她无论如何也想不到自己会引起朱诺的不悦。有一天，一桩可怕的事降临在她身上。

她刚刚拉满弓，准备沿着森林里笔直的绿色小径射一支箭。但她的手突然僵住了，然后跪倒在地上。她用手撑住地，尝试着重新站起来，却发现双手变得厚重，并长出了长长的黑色毛发。她的手掌变得浑圆，并长出了弯曲的爪子，双脚也是如此。她曾经甜美圆润，让小鸟也为之着迷的嗓音，也变成了可怕的咆哮。

卡利斯托尽可能直起身来，高举着双爪，乞求众神的怜悯。她哀叹命运的不公，并发出令人胆寒的嘶吼。她曾经可以勇敢地对抗那些滋扰森林的狮子和野狼，现在却感觉自己只能任凭它们摆布。卡利斯托马上意识到发生了什么。她已经不再是凡人，而是变成了一只野兽——朱诺成功地说服了朱庇特，让他把卡利斯托变成了地球上的第一头熊。

卡利斯托从来不喜欢晚上待在森林里，但她现在无家可归，只能在黑暗中游荡，并且还要受其他野兽的驱逐。要知道，这些野兽曾经都是她的手下败将。

她遇到了曾经跟随自己的猎犬，但惊恐地从它们面前跑开了。她之前习惯于射出一支支离弦之箭，现在却不得不心惊胆战地四处躲藏猎人的箭头。冬天的时候，卡利斯托躲在空心的木头中，或给自己挖一个小洞避寒，保留一丝体力以抵抗北风肆虐的寒冬。等到开春的时候，她又会拖着瘦弱的身体爬出来，寻找野蜂的蜂巢和杜松树上第一批多汁的浆果来果腹。

一天，有一位男孩外出打猎的时候发现了这头熊。卡利斯托看到他时，一眼就认出他是自己的儿子阿尔卡斯（Arcas）。现在，他已经长成了一个高大英俊的小伙子，并像自己的母亲之前一样，开始在丛林中狩猎。卡利斯托喜出望外，以至于忘记了自己现在的模样。她用后腿直立起来，伸出前爪想要去拥抱他。男孩惊慌失措，举起狩猎的长矛，冲上前插入了她的心脏。要不是朱庇特碰巧从王座上往地上看，突然对自己的荒唐举措有些懊悔，卡斯利托无疑将死在自己的儿子面前。

众神要走很长的路才能到达空中的太阳宫殿。这条路横跨整个天空，在晴朗的夜晚，人们抬头就可以看见。是的，这条路便是银河。那些杰出的神的宫殿坐落在道路两侧，而一些小神的宫殿则离大路远一些。就在阿尔卡斯举起长矛冲向卡利斯托时，在通往太阳宫殿的道路旁，出现了两座新的宫殿，它们分别是大熊和小熊的造型，身体是由闪亮的星星组成的。无所不能的朱庇特将卡利斯托和她的儿子变成了两个星座。

朱诺得知此事之后，怒不可遏。她沉入海底，将这些烦心事告诉了海洋之神俄刻阿诺斯。他是泰坦族的一位巨人，当时是所有水域的统治者。

“俄刻阿诺斯，你知道为什么吗？”朱诺激动地高声说道，

“为什么我，众神的王后，要离开广袤的天空，到这深深的海底来找你？因为我觉得我的权威被无视了，我的地位可能会被别的神给挤掉。卡利斯托，就是那头熊，被带到了天上，并在星空中有了一席之地。谁敢说她有一天不会霸占我的王位！”

“那你想让我怎么做？”老迈的俄刻阿诺斯问道。朱诺的来访，让他有些摸不着头脑。

“我禁止卡利斯托恢复人形，但我的意志被违抗了，这是不公平的。”朱诺回答道，“现在她在通往神圣之地的道路上有了自己的居所，这意味着她可以变幻成任何她想要的形象。我怕她会找到你，让你帮忙窃取我的王位。我命令你永远不允许她星座的星星触碰水面。”

俄刻阿诺斯马上召集掌管其他水域的神碰头，大家同意遵守朱诺的命令。因此，虽然别的星星会不断地升起和落下，大熊座和小熊座却一直高悬在空中，从来不会像其他星星那样在落下时沉入海底。朱诺认为这是一种惩罚，但事实证明这更像是一种奖励。

大熊座和小熊座永远都保持着不变的轨迹，人们抬头就能看见它们在空中闪耀。对于必须在夜间赶路的人来说，尤其是在漆黑的海面上航行的船员而言，它们已经成了在黑暗中确定方向的指明灯。小熊座尾巴上的最后一颗星星指示着正北方，被人们称为北极星，希腊人也将它称为“阿卡狄亚星”，它帮助了许多船员在汹涌的波涛中找到回家的路。

朱诺的故事也在当今很多心存嫉妒的人身上发生着。她不但没有伤害到卡利斯托，反而给她带来了至高无上的荣誉。

Chapter

33

格劳库斯历险记

渔夫格劳库斯（Glaucus）揉了揉眼睛，确定这不是一场梦。他刚刚收网并将捕获的鱼都倒出来，但是一件奇怪的事情发生了：那些鱼突然恢复活力，开始摆动它们的鳍，如同在水中游动。随后，格劳库斯目瞪口呆地看着它们跳入水中，成群结队地游走了。

格劳库斯捕鱼的地方是河心一座美丽的岛屿，这里是一个冷清的地方，除了他，没有其他人在此居住。没有人来这里放牧，甚至没有人曾经到访过这里。格劳库斯没有发现有人在施魔法，他不明白怎么回事。

“会不会是河神？”他好奇地自言自语。随后，他觉得可能有某种神奇的力量藏身于小岛草地的下方。

“这种草有魔力也不一定。”他一边说着，一边扯下一把叶子，将其中一片放在嘴里。

格劳库斯的舌头几乎感受不到植物的汁液，却感觉到一股奇怪的躁动涌遍全身。随后，他变得口渴难忍，于是跑到这么多年一直捕鱼的河边，纵身跳进河里，向大海游去。

对于格劳库斯而言，这是一段奇幻而自由的旅程。之前，除了不停地撒网、收网，他从未体验过其他的生活。他沿着水流向前游去，一路上成百条河流汇聚到一起，巨大的水流冲刷着这个渔夫的凡胎肉身。最终，格劳库斯游到大海中，他的面前呈现出一幅奇妙的景象，撞击海岸岩石的巨浪瞬间平息下来，一辆战车沿着海面向他驶来。拉动战车的骏马钉着黄铜蹄铁，金色的鬃毛在空中飞扬。一位巨人手持着可以刺破岩石的三叉长矛，吹响一只巨大的海螺号角，驾着战车到格劳库斯面前，邀请他上车前往海洋深处。

驾车者是海神尼普顿。格劳库斯坐在战车中，感觉非常舒服。他已经不再是地球上的凡人，而成了位于海浪之下的无尽王国的子民。渔民格劳库斯的样貌也彻底发生了改变，他的头发变成海绿色，一直拖到身后的海水中。他的肩膀变得宽厚，四肢也变成鱼尾的形状，并拥有鱼尾的功能。他从来没有感觉到如此自由和快乐。他花了一整天的时间，什么也不做，只是追逐着潮涨潮落，学习如何使用他的新鳍，就像刚离开窝的雏鸟学习飞翔一样。

然而，格劳库斯依然保留着一些海洋居民所不能理解的思想和行为。有一天，他看到美丽的水中仙女斯库拉（Scylla）从岸边一处隐蔽的场所走出来，坐在一块岩石上，将双手放在了海水之中，捞上来一些贝壳，和水草一起编织成一条项链。格劳库斯从未见过像斯库拉一样美丽的人，于是他劈波斩浪游到她面前，和着大海的歌声喃喃地说出了自己对她的爱慕。

然而，斯库拉在看到这个奇怪的半人半鱼的人形生物之后，吓得花容失色。她转身夺路而逃，却被一处可以俯瞰大海的悬崖拦住了去路。她愣了一会儿，转过身时惊讶地看到格劳库斯站在一块岩石上，阳光照在他绿色的头发和长有鳞片的皮肤上，让他全身都熠熠发光。

他朝着斯库拉喊道："不要躲着我，女孩！我不是怪物，也不是海洋动物。我原本是一个一贫如洗的渔夫，后来变成了海中的一个神。"格劳库斯向斯库拉讲述了事情的来龙去脉，并为她描绘了尼普顿的海底王国——那里有玩耍的海豚，玫瑰色和白色珊瑚建造的城堡以及永不停歇的水下音乐。

"跟我来吧，让我们一起前往尼普顿的海底世界。"他恳求道。但斯库拉根本听不进去，她仓皇逃走了，除了散落在岩石上的闪亮贝壳，什么也没有留下。

格拉库斯没有继续追下去，但他也没有轻言放弃。他记起家乡小岛上的那种具有神奇海洋魔力的青草，暗自思忖它们是否也能给水中仙女斯库拉以同样的力量，让她也像自己一样，渴望来到尼普顿的王国。但格拉库斯却无法回到自己曾经捕鱼的小岛，小岛距离他非常遥远，而且他已经忘了来时的方向。于是，他决定前往女巫喀耳刻（Circe）居住的岛屿，请她帮助自己赢得斯库拉的芳心。事实证明，这几乎是一个灾难性的决定。

喀耳刻起初是太阳神的女儿，但她将自己习得的魔法用于邪恶，使自己成了一个强大的女巫。她居住在一个由树木围绕的宫殿中，这些树木是她的小岛上唯一的植被。如果遭遇海难的船员游到岸边，希望能得到她的救助以及得到用于建造新三桅船的木材时，他们将会瞬间被狮子、老虎和狼包围。其实，这些野兽之前都是人类，但喀耳刻施魔法将他们变成了野兽的样子。

希腊的英雄尤利西斯（Ulysses）曾登上过喀耳刻的小岛。在海上漂泊了很多天，尤利西斯和受够大海折磨的船员们，听到树木掩映下的城堡中传来的美妙音乐声和少女甜美的歌声，就飞奔向城堡。喀耳刻化身为一个公主，热情地招待他们，并且为他们准备了丰盛的食物。正当他们享用美食的时候，喀耳刻用她的魔杖逐一触碰了他们。然后，所有人都变成了野猪。他们虽然还有人类的思想，但是脑袋、身体和声音都变成了野猪的样子，还长出了野猪的鬃毛。虽然尤利西斯最终说服女巫放了他的手下，但这位英雄却无法抗拒喀耳刻的魅力，留在了她的宫殿里。整整一年的时间里，他将自己的工作和国家都抛在脑后。

毫无疑问，从做出决定拜访喀耳刻的那一刻起，等待格拉库斯的注定是一场疯狂的旅程。但他依然坚定决心，最终登上喀耳刻的小岛。他告诉喀耳刻，斯库拉看他时那惊恐的眼神，乞求喀耳刻赐予自己一种让斯库拉能够爱上大海的魔力，就像那些指引他投奔尼普顿的青草那样。

“除非海底长出大树，海草长在山顶，否则我会一直爱着斯库拉。”格拉库斯告诉喀耳刻。

女巫看着格拉库斯。格拉库斯虽然让斯库拉感到惊恐，却让喀耳刻有些爱慕。面前的格拉库斯气宇轩昂，可以随心所欲地变回人形，而且他身后绿色海藻制成的拖尾长袍让他看起来就像一个国王。

“我会亲手制作一些药水并将它带给斯库拉。”喀耳刻告诉格拉库斯。但她决定对无辜的水中仙女施以伤害，这样就可以将格拉库斯永远留在自己的岛上。

喀耳刻在药水中掺入了她岛上生长的毒性最强的植物。她使用致命的魔法将它们混合在一起，然后带着药水前往斯库拉居住的西西里岛海岸。那里有一个海湾，斯库拉喜欢在艳阳高照的时候在那里沐浴。喀耳刻将毒药倒进清澈的蓝色海湾，并念出恶毒的咒语。之后，她回到自己的小岛上。

那天日悬中天时分，斯库拉像往常一样跳入了齐腰的海水中。但她惊恐地发现海水很快没过了她的肩膀，瞬间吞没了她。她还来不及呼救，便消失在曾经给她带来快乐的海水中。喀耳刻的咒语发挥作用了，可爱的斯库拉终于来到尼普顿的王国，但并非格拉库斯所料想的那样。斯库拉没有言语，没有动作，甚至连眼皮也不抬一下。

与此同时，格拉库斯在喀耳刻的小岛上玩得乐不思蜀。他在周围的水域中逗留，心情好时就变回人形，享受喀耳刻城堡的奢华。如果他没有遇到在岛上徘徊的野兽，听到他们用人类的语言交谈，知道他们是被喀耳刻施了魔法才从海员变成野兽的，他可能永远记不起自己是尼普顿的子民。

听到他们的谈话，格拉库斯瞬间明白了自己可能的下场。他开始讨厌那个邪恶的女巫，脑海中重新浮现出关于斯库拉的记忆——她坐在岩石上，手中捧着一堆闪亮的贝壳。于是，他转身跳入海水中，很快就远离了那座致命的小岛。

格拉库斯开始通过海洋中的朋友四处打听斯库拉的下落，但是最终一无所获。在喀耳刻的阴谋下，斯库拉如同很多葬身海底的凡人那样被海水淹死。当格拉库斯在尼普顿王国的海葵花园中徜徉，沿着点缀贝壳的小路行走的时候，他有了一个新的想法。

那些心爱之人被大海带走的人所承受的痛苦，格拉库斯也感同身受。于是，他开始使用自己的魔法，让那些溺亡的人死而复生。在接下来一千年的时间里，格拉库斯挽救了很多相爱之人的生命。在潮起潮落之中，格拉库斯也从未放弃对斯库拉的寻找。

千年之后，众神似乎宽恕了格拉库斯向喀耳刻求助的弥天大罪，格拉库斯终于在碧绿的海底深处找到了斯库拉。据其他水中仙女说，他们两个后来一直生活在一座珊瑚宫殿里，那里有一个海葵花园，长满了葱郁的水生植物。

Chapter

34

伊阿宋寻找金羊毛

伊阿宋正在建造一艘船，为他谋划的一场海盗探险做准备。根据他的计划，他会一直远航到黑海东岸，掠夺金羊毛并带回家。

金羊毛意味着一笔横财，因为它能卖出一笔好价钱。在远古时代，穿着飞靴的众神信使墨丘利给了塞萨利女王一只长有纯金羊毛的公羊。之后的一天，女王发现必须尽可能快速而且秘密地将她的儿子送到国外，才能确保他的安全。于是，她让儿子坐在这只公羊的背上，公羊驮着他纵身一跳飞向空中，跨越分隔欧洲和亚洲的海峡，带着男孩降落在了黑海的科尔基斯（Colchis）王国。

从那时起，公羊的金羊毛便被悬挂在科尔基斯的一片神圣的小树林中，树林由一条从不睡觉的恶龙看守着。据说，金羊毛可以带着人们飞往任何他们想去的地方，它的黄金是世界上最优质、最纯净的。许多冒险者为了获得金羊毛而进行了远征，但到目前为止，没有一个人获得成功。和之前寻找金羊毛的希腊年轻人相比，伊阿宋有着不同的打算。他对金羊毛志在必得，因为如果他能把它带回来，他将会成为国王。

伊阿宋的叔叔珀利阿斯（Pelias）是塞萨利王国一个诸侯国的国王。因为金羊毛一开始属于塞萨利王国，所以珀利阿斯萌生了一个想法——任何一个能够得到金羊毛的国王都可以将其据为己有，并享受它的神奇力量。但他并不想为此操劳，因此他承诺如果伊阿宋带回金羊毛，他就将王位传给这位年轻人。由于叔叔的承诺，伊阿宋决定带领海盗探险队进行这场冒险。

伊阿宋为了建造一艘像样的船，不惜一掷千金。在当时，建造一艘可以扬帆出海的船是一项了不起的任务，希腊人唯一拥有的便是将树干中心掏空而做成的类似于独木舟的小船。由于伊阿宋决定带上他的50位朋友，因此，他需要建造一艘塞萨利王国前所未见的大船。为此，他们必须砍掉一棵巨大的树，一点点凿成船的形状。此外，他们还必须配置新的织布机，以便织造足够宽的布料作为风帆。几个月的时间里，海滩上斧子和凿子的声音不绝于耳。终于，这艘名为阿尔戈（Argo）的大船顺利完工。伊阿宋带领被他称为阿尔戈英雄（Argonauts）的朋友们登上了船。

阿尔戈英雄都是伊阿宋精挑细选的，他们都是希腊出身名门的健壮年轻人，并且在后来都闯出了自己的名声。赫拉克勒斯的强壮无人能敌；提修斯可以单手举起岩石，擒获劫匪；太阳神阿波罗之子俄耳甫斯可以用他的七弦竖琴弹奏出美妙的音乐来驯服野兽；同行的还有涅斯托耳（Nestor），长大后他成了一名家喻户晓的希腊勇士。他们和船长伊阿宋一起坐在船上，风吹动着船帆，大船乘风破浪向科尔基斯驶去。

虽然这是一次漫长的航行，但是他们有惊无险地到达了他国的海岸。众人跳上岸，立即前去拜见科尔基斯国王，向他索要金羊毛。他们太年轻气盛了，认为没有人敢抵抗他们或拒绝任何东西，但国王对此事表现得非常严肃。

“你必须自己去赢得金羊毛，伊阿宋。”他说道，“张口就能得到的东西是没有价值的。你是否有胆量将我的公牛套上犁，在土地上栽种龙牙？”

伊阿宋倒吸了一口凉气。他对科尔基斯的这些公牛早有耳闻，但他从来没想过会被要求驾驭它们。这些公牛长着肆无忌惮的牙齿，鼻孔中喷射着火焰，能将所触及的一切都化为灰烬。它们的呼吸声就像是炼炉的咆哮声，喷出的烟雾更是令人窒息。

尽管如此，伊阿宋并没有退缩。“金羊毛必须靠自己赢得，没有什么比这更公平的了。”伊阿宋认为国王说得很有道理，他感到浑身充满了巨大的勇气。作为一名年轻人，他立志要成为自己心目中的英雄。

“放出你的公牛吧！”他对科尔基斯国王说。

如果一个人敢于向看似不可能的行为发起挑战，反倒更容易心想事成。事实上，伊阿宋得到了科尔基斯国王的女儿美狄亚（Medea）的帮助，她赋予伊阿宋一种无惧于烈火的魔力。两头公牛奔向田野，径直向伊阿宋冲了过去，像龙一样喷射出熊熊燃烧的火焰。伊阿宋毫不畏惧地向它们招手，他的朋友阿尔戈英雄们惊恐地看着他，大气也不敢喘。他勇敢地站在了公牛面前，说话的声音似乎平息了它们的愤怒。他英勇地抚摸着它们的脖子，将它们套到轭上开始犁地。

龙牙是一种奇怪的种子。当伊阿宋犁出笔直的土沟，将龙牙播种进去时，科尔基斯王国的子民和阿尔戈英雄们在田边紧张地注视着他。伊阿宋觉得国王可能是和他开了个玩笑，这对原本暴烈的公牛正使出全身的力气在田里劳作，和耕种玉米和小麦没什么两样。伊阿宋在田垄上深一脚浅一脚地走着，突然听到一声巨响，把他吓了一跳。伊阿宋回过头，看到了一个奇怪的景象。

原本盖住龙牙的土块开始翻腾滚动，闪亮的矛尖刺出土壤，接着出现了点缀有低垂羽毛的头盔，以及男人的肩膀、手臂和四肢。不一会儿，土地中站满了全副武装的战士，他们一点点逼近伊阿宋。

伊阿宋好像陷入了孤立无援的境地。但是，眼前的场景激起了每一位阿尔戈英雄的斗志。他们涌入田中，与伊阿宋并肩战斗。伊阿宋英勇地与敌人厮杀在一起，但如果他没有再次获得帮助，那么他和他的希腊伙伴们就会凶多吉少。美狄亚给了他一把有魔力的宝剑，伊阿宋将它扔到敌人之中，那些战士突然停止对希腊人的攻击，转而自相残杀起来，最终同归于尽。

虽然取得了暂时的胜利，但伊阿宋还面临着另一个挑战——那条守护金羊毛的不休不眠的恶龙。但他有了战胜恶龙的新勇气。最终，他闯入藏有金羊毛的小树林，从橡树上取下了金光闪闪的毯子，摆脱恶龙，带着阿尔戈英雄们返回希腊。

当他和其他年轻的希腊英雄们凯旋时，人们拥戴他成了新的国王，不是因为伊阿宋的战利品，而是因为他的无穷勇气。他毅然决然地踏上了一场未知的冒险，在经历了一番伟大的战斗之后，作为胜利者回到祖国，这赋予了他新的荣耀。

这个故事最奇怪的部分在于，当伊阿宋和阿尔戈英雄们将金羊毛带回希腊之后，没有人见过金羊毛到底长什么样，似乎没有人再听说过它。或许，与这场冒险赋予阿尔戈英雄们的让他们受用一生的勇气相比，任何珍宝都不值一提。

Chapter

35

美狄亚的回春术

如果当今世界的一个男孩穿越回古希腊时代，严格约束自己，并刻苦学习各种格斗技巧后成为战斗英雄，那么他的首领可能会在训练中给他讲述这样一个奇怪的故事。男孩可能会好奇他为什么必须要听这样一个残酷的故事，以及它背后有什么深刻意义。事实上，几乎所有的神话故事都有一些需要去揣摩的含义。至于这个故事，主人公是会魔法的公主美狄亚，讲述的是她如何在伊阿宋的父亲埃宋（Aeson）身上施展魔法。

在完成一场伟大的冒险之后，伊阿宋带着战利品金羊毛和心上人美狄亚回到塞萨利。此时的美狄亚，还是一位用魔法帮助伊阿宋勇敢面对喷火恶龙的公主，但她实在难以适应希腊宫廷的生活。她不像大多数少女一样对艺术感兴趣，对针线活、编织和其他居家过日子的手工活也从来不上心。在王宫的节日庆典和竞赛时，美狄亚也经常会悄悄退场，独自坐在海边的悬崖上，她黝黑的长发被风吹起，划过苍白的面庞。伴随着海上涌起的波浪，她的嘴里不停地念着咒语。

尽管如此，她还是以独特的方式表达着对英雄伊阿宋的爱慕，并为他所向披靡的伟大功绩感到骄傲。有一天，她得知了伊阿宋的最大心愿。

“我虽然胜利了，也得到了整个国家的尊崇，但仍然有些美中不足。”伊阿宋告诉美狄亚，“我希望父亲能够分享我的欢乐，但他的身体一天比一天衰弱，也越来越无助。如果他能恢复年轻和强壮，我少活几年又何妨？”

美狄亚虽然嘴上没说什么，但心里暗自思忖：“在伊阿宋的帮助下，我才可以保持强大的力量。现在，我仍需要更进一步。如果可以延长伊阿宋父亲的生命，但不是以年轻英雄的寿命换取，我愿意付出任何代价。”

因此，在下一次月圆之时，美狄亚只身一人悄悄走出宫殿。当时已经夜深人静，所有的生物都进入了梦想。她快速跑过田野和树林，嘴里默念着一些奇怪的话语，同时向月亮和星星说了一些咒语。众所周知，就像戴安娜代表着夜晚的明朗和美好，赫卡特（Hecate）则代表着夜晚的黑暗和恐怖。每当黄昏时分，赫卡特便开始在地球上空游荡，只有犬类能够看见她，并冲着她吠叫。美狄亚追随着赫卡特的行踪，希望能得到她的帮助。她同时还向地球女神特勒斯（Tellus）求助。特勒斯拥有神奇的魔法，能让地面长出可以制作魔法的药草。除此之外，美狄亚还请求司掌森林和洞穴、谷地和高山、河流和湖泊、风和蒸汽的众神给她以帮助。

当美狄亚整夜都在寻求提升魔法之道时，星星变得异乎寻常的闪耀。这时，一辆由会飞的大蛇拉动的战车从天而降，美狄亚飘入战车。战车载着她前往一个遥远的地方，那里生长着最强魔力的药草。但她必须在第一道阳光照耀地面之前赶回来，魔力才不会消失。连续九个晚上，美狄亚都乘坐飞蛇拉的战车去寻找魔法药草。在这期间，她既没有回到王宫，也没有找任何地方歇脚，更没有和任何凡人说话。

赫柏（Hebe）是司掌青春的女神，也是众神聚会时的斟酒人。美狄亚集齐了配制药水所需的药草后，她在赫柏的神庙前生起一堆火，在上面放上一口又大又深的锅。她将药草放入锅中，并用干燥的橄榄树枝不断搅拌，希望能够获得她所期望的效果。奇怪的是，树枝没有被火引燃，当美狄亚将它取出的时候，它立刻变成了如同春天一样的绿色，并在很短的时间内长出了绿叶和很多橄榄。大锅中的药水翻滚着气泡并慢慢沸腾。有一些窜出锅边，落到了地面上。药水滴落的地方，会马上长出新鲜的青草，

并绽放出美艳的鲜花，如同五月最珍贵的花朵一样明亮而芬芳。

美狄亚希望更保险一些。于是，她将羊群中年纪最大的那只绵羊放入沸腾的药水中。绵羊不但没有被煮熟，反而变成一只柔软而且洁白的小羊羔从锅中跳出来，在草地上蹦蹦跳跳地跑远了。

就这样，美狄亚知道已经万事俱备了，于是她让伊阿宋把他年迈的父亲埃宋带到这里。

“我想了解你的父亲，”她解释道，“听他讲一些你小时候的趣事。”

伊阿宋对此深信不疑，于是派人去请他的父亲，将他带到了赫柏的神庙附近。美狄亚早就在那里等着了。在看到埃宋之后，美狄亚通过施魔法让他沉沉地睡去，并将他放在一张铺满药草的床上。埃宋没有明显的呼吸或生命，如同死了一般。

“邪恶的女巫，你杀死了我最爱的父亲！”伊阿宋喊道。

然而，就在伊阿宋说话的时候，美狄亚走向老人，她从大锅中舀出有魔力的药水，灌到埃宋的口中。

当埃宋吸收了这些药水并感受到其中的神秘力量之后，他花白的头发和胡须马上变得像年轻时一样乌黑，四肢充满活力而且十分强健，往昔的苍白和消瘦不复存在。当埃宋跑向伊阿宋的时候，脸上满是惊讶。他感觉仿佛遇见了40年前的自己，女巫美狄亚让他回到了年轻的时候。

如果美狄亚一直使用自己的魔法做好事积德，那么这个故事的结尾无疑是令人愉快的。但事实并非如此。后来，美狄亚几乎是作恶多端，比如她曾驾着飞蛇战车四处寻仇，给新娘送上毒药，放火烧掉其他神的宫殿等。所以说，美狄亚的这个故事是何等的奇怪和不同寻常！

那么，对于年轻的希腊而言，这个故事意味着什么？

想必他们和现在的我们一样，受到启发和思考。美狄亚和她的大锅象征着每个国家必须经历的残酷战争和变革。虽然这可能会助长邪恶，但当世界变得腐朽衰败的时候，在经历暂时的苦痛之后，它可能会重新变得年轻而强壮，就如同埃宋在喝下美狄亚煮制的苦涩药水之后重新变得年轻一样。

Chapter

36

金苹果引发的战争

这是一场隆重的婚礼，厄里斯（Eris）却不请自来。就目前来看，的确没有人邀请过她。事实上，这里的每个人都对她避之不及，因为这是一场神和凡人共同参加的盛大宴会，而厄里斯是挑起事端的不和女神。

新娘是美丽的海中仙女西蒂斯，她的美貌甚至连朱庇特都为之动心。新郎珀琉斯（Peleus）则是一名凡人。婚礼在奥林匹斯山上进行。当喜庆的气氛达到高潮，朱庇特的斟酒侍者伽倪墨得斯（Ganymede）向大家献上他亲手酿制的琼浆玉液时，一只金色的苹果掉落在众人中间。

那是一只大大的苹果，浑身闪着金光，就好像从里到外都是由黄金制成的一样。甚至众神都未曾见过，你推我搡抢夺起来，根本没有顾上看到底是谁扔的。朱庇特最终拿到了苹果，并读出了上面的一行字——“献给最美丽的人”。宾客们往天上看时，瞥见厄里斯驾着她那阴暗的战车已经走远了。她是专门来搅乱婚礼的，正因为这只苹果，一场旷日持久且惊心动魄的战争爆发了。

女神们顿时吵得不可开交，都认为自己是最美丽的，有资格拥有这只金光闪闪的苹果。众神的王后朱诺认为自己受之无愧，智慧女神密涅瓦则希望智慧与金苹果兼得。于是，她们请求万能的朱庇特作出评判。但无论是朱庇特还是其他的神，大家都不敢妄下结论。因此，大家必须从凡人中找一名裁判。

在特洛伊城附近一座名为艾达（Ida）的高山上，住着一位年轻的牧人帕里斯（Paris）。除了众神，没有人知道帕里斯王室血统的秘密。他在很小的时候，便被抛弃在了艾达山上，因为他的父母从预言书中得知他将摧毁整个王国并让家族走向衰败。所以，人们并不知道他曾经是一位王子。他在羊群的陪伴中长大，长大后英俊潇洒，更像是一位年轻的神，深得所有的树神和居于山林水泽中的仙女的喜爱。最后，众神决定由帕里斯裁定哪位女神有资格赢得金苹果——朱诺、密涅瓦，还是维纳斯。三位女神从奥林匹斯山降落到艾达山，站在帕里斯的面前接受他的评判。

妒火中烧的女神们似乎忘记了自己作为神的高贵出身，争相向年轻的牧羊人提供贿赂，希望他说自己是最美丽的。朱诺向帕里斯许诺巨额的财富和地球上的一处王国。密涅瓦则表示，她将会分出一些智慧和战无不克的力量给帕里斯。而维纳斯自己便是一个无人可以抗拒的咒语，她站在帕里斯面前，佩戴着一条有魔法的腰带，如正午的阳光一样绚烂。她将如海水卷起的泡沫一样轻盈的手搭在帕里斯快速跳动的心脏上，说道："我会将世上最可爱的女人赐予你作为妻子。"

帕里斯牧羊

维纳斯的话音刚落，帕里斯宣布了自己的裁定。这注定是一个永载史册的裁定，经过人们的口口相传，地球上的每个国家都知道了这个消息，并开始陷入无尽的争斗中。帕里斯将金苹果放到维纳斯手中的时候，并没有注意到朱诺和密涅瓦那愤怒的神情。当她们恼怒地飞回奥林匹斯山时，空中阴云密布，就像是朱庇特即将掷下雷电。

在那之后，除了自己的欲望和野心，帕里斯对其他的事情概不关心。维纳斯也不断地满足他的虚荣心。她先是告诉帕里斯他的显赫身世。当帕里斯得知自己是特洛伊国王普里阿摩斯（Priam）的亲生儿子时，就动身前往父亲的王国，争取改变自己的命运，而他的羊群再也没有见过自己的主人。

当时，普里阿摩斯国王宣布，将要在他的王子和邻国王子之间举办一场摔跤比赛。在前往特洛伊的路上，帕里斯也听到了这个消息。他还看到为国王效劳的一名牧人正赶着奖品前往特洛伊，那是整个艾达山草原中最好的公牛。帕里斯决定参加这场比赛，看看自己能不能赢。于是，帕里斯来到王室，参加了角斗。国王、他的兄弟们，还有他的姐姐卡珊德拉（Cassandra）观看了比赛，但他们都没有认出他。最终，帕里斯战胜所有的对手，赢得了胜利。

当普里阿摩斯国王认出帕里斯时，他受到了热烈的欢迎，并带上了月桂树枝编成的桂冠。众人在普里阿摩斯的王座前簇拥着帕里斯，只有卡珊德拉黯然神伤。她能用魔法预见帕里斯会给特洛伊带来灭顶之灾，但这种预言能力没有给她带来快乐，因为她注定不被人相信。

之后，维纳斯告诉帕里斯向普里阿摩斯国王要一艘船，然后乘着它前往希腊南部城邦斯巴达（Sparta），在那里，她将践行对他的承诺。于是，帕里斯动身出发了。身为一名英俊的年轻人和光荣的胜利者，帕里斯得到了斯巴达国王墨涅拉俄斯（Menelaus）和他美丽的王后海伦（Helen）的热情招待。

如果说维纳斯的美貌让众神着魔的话，海伦的可爱动人也足以让任何凡人抛却一切。故事中说，海伦是一只会魔法的天鹅的孩子，因此能让所有的英雄都为之着迷，所有伟大的希腊王子都希望能娶她为妻。当她从家中出嫁，成为墨涅拉俄斯的妻子时，她的父亲让那些渴求她的英雄们起誓，万一她被人抢走了，英雄们必须帮助墨涅拉俄斯把她找回来。海伦的美丽是上天的馈赠，但同样会给她带来危险，这让她的父亲时刻担心着她的平安。在整个希腊，甚至整个地球上，找不到比海伦更加美丽的人。

帕里斯在斯巴达王室逗留了很长时间，并受到了礼遇和尊重。但他是受之有愧的，因为在这段时间里，维纳斯向海伦施了魔法，让她的眼中只有这个英俊的年轻人。当墨涅拉俄斯国王需要出远门一段时间时，帕里斯趁机说服海伦离开斯巴达，与他一起乘船前往特洛伊。

两人的私奔被发现之后，希腊的英雄们怒火中烧。他们从未忘记对墨涅拉俄斯国王的承诺，当他遭遇不公正对待的时候，英雄们一定会出手相助。他们对海伦并没有过多的怨恨，一致认为海伦是受了维纳斯恐怖咒语的蛊惑。英雄们马上进入备战状态，纷纷加入收集物资和建造船只的准备中。阿伽门农（Agamemnon）是墨涅拉俄斯国王的兄弟，他骁勇善战，因此被任命为希腊军队的统领。随后，他征召最精干的士兵，来帮助他完成摧毁特洛伊的伟大事业。

与当今时代的英雄相比，这些英雄有着同样的真性情和过人的胆识。但他们这次的敌人远在海洋彼岸，有些希腊人发现背井离乡之苦让他们备受煎熬，何况只是为了一个任性的男孩和一个美貌的女人。伊萨卡（Ithaca）国王尤利西斯便是其中的一员。

伊萨卡王国和平而安定，尤利西斯与勤劳的王后佩内洛普（Penelope）和刚出生不久的王子特勒玛科斯（Telemachus）幸福地生活在一起，他们感到心满意足。我们不能说尤利西斯的逃避是懦夫的行为，因为他压根就不想参加特洛伊战争。一开始，尤利西斯假装自己得了癫狂症。他向农夫借了一副犁，跑到沙滩上犁地，并向犁沟里面播撒盐粒。前来征兵的阿伽门农的使者看到他的疯狂举动，简直不敢相信自己的眼睛。为了试探他是不是在装疯卖傻，使者将国王的小儿子抱起来，放到犁前方不远的沙土上。尤利西斯立即丢下了犁柄，一把抱起幼小的儿子紧紧地拥在自己的胸前。眼看着自己的把戏被拆穿了，尤利西斯不得不离开自己的王国和佩内洛普，加入其他英雄的行列。他注定会成为其中最英勇的一位，但也注定有 20 年的时间无法回到自己的家。

还有另外一位力可拔山的盖世英雄，由于母亲对他爱得深沉，他从来没有机会参加任何战争，他就是阿喀琉斯，在特洛伊战争中，他注定会一战成名。当他还是个孩子的时候，便被母亲带去了冥河。他的母亲提着他一只小脚的脚跟，将他浸没在神圣的河水之中。这样一来，不管将来遇到多么惨烈的战争，他都可以毫发无伤，不过他的母亲最终忘记了被她的手盖住的脚跟。随后，阿喀琉斯被母亲打扮成一个女孩，送到一个遥远国度的朋友那里寄养。他由一群女性养大，根本没有机会接触武器。

在当时，希腊人正厉兵秣马，准备向特洛伊发起进攻。阿喀琉斯的薄志弱行传到了尤利西斯的耳朵里。他自己已经克服了对战争的恐惧，因此不想放弃任何被懦弱束缚住手脚的英雄。于是，尤利西斯将自己假扮为一个售卖精致器皿、香水、刺绣丝绸、雕刻象牙饰品和珠宝的小贩，前往阿喀琉斯所在的王国。在那里，已经长大的阿喀琉斯依然每天保留着少女的装扮。王室的女人们看到尤利西斯所售卖的精美面料和项链，不禁喜出望外。阿喀琉斯只是漫不经心地翻动了几件，直到他看到一些奇特而精美的锻造武器才激动地两眼放光。阿喀琉斯顿时领悟了自己的命运，他穿上铠甲，与尤利西斯一起加入了军队。

在另一边，由于海伦那美丽的样貌走到哪里都会让人无法抗拒，普里阿摩斯接受了犯下滔天大错的帕里斯和海伦，并为他们提供了安身之所。对于特洛伊的英雄们而言，这是一场痛苦的命运之战。他们和希腊英雄一样义无反顾，却没有享受同样的地位和荣耀。他们也集合起来保护国王，并做好了在希腊人漂洋过海到来时决一死战的准备。

这场伟大的战争始于众神的嫉妒，因此也得到了众神的帮助。海神尼普顿将希腊人的战船安全地带到了特洛伊城门前，尤利西斯陪着墨涅拉俄斯国王进城，要求海伦回到希腊。在普里阿摩斯国王回绝他们之后，维纳斯继续用咒语让海伦听凭她的摆布，还说服战神玛尔斯帮助特洛伊人。朱诺和司掌公平战争的女神密涅瓦选择支持希腊人。阿波罗和朱庇特虽然保持中立的立场，但也密切关注着他们所喜爱的英雄们的命运。

特洛伊战争正式打响，但谁也想不到的是，这场旷日持久的战争最终以离奇的木马屠城结束。

Chapter

37

木马屠城记

对特洛伊的围城持续了整整十年。这场战争因众神和凡人的嫉妒之火引起，让特洛伊人和希腊人陷入十年的对峙。双方都奋不顾身地投身于战斗之中，特洛伊城外的平原也变成充斥着恐怖与死亡的废墟。

英雄阿喀琉斯在阿波罗的神庙祭祀时，被帕里斯射出的一支毒箭射中了脚跟。大力神赫拉克勒斯虽然为希腊人准备了利箭，但依然奈何不了特洛伊人强大的防御工事。特洛伊城内有一座被命名为“守护神”的密涅瓦雕像，据说只要这座从天而降的雕像在，特洛伊就无法被攻克。于是，英雄尤利西斯带着几个勇士乔装打扮潜入特洛伊城中，将密涅瓦的雕像带到了希腊人的营地。但特洛伊人依然在顽强地坚守着，战事进入第十个年头，放眼望去，满城尽是饥荒和疮痍。

海伦的美貌本身就有一种魔力，当她倚靠在普里阿摩斯国王城堡的塔楼上为特洛伊人呐喊，或者亲自到队伍中为他们打气助威时，似乎就成了大家的守护神。只要看到她那张美丽的面庞，所有的士兵都忘记了困难并且变得无所畏惧。只有特洛伊的公主卡珊德拉独自默默抽泣，因为她有着预知未来的能力，并看到了特洛伊固若金汤的城墙将被瓦解。但人们以为她只是疯了。

最后，孤注一掷的希腊人调动全部的兵力，但依然没有攻下特洛伊。于是，他们将希望寄托在了尤利西斯身上，看看他有没有能制服特洛伊人的妙计。就这样，尤利西斯向将军们部署了一项人类所有战争中最为离奇的计划。根据尤利西斯的建议，希腊人佯装撤退。那些原本在港口休整的战船起锚扬帆，快速撤离了港口。但它们并没有走远，而是在临近的一座小岛上整装待命。这么多年来，特洛伊人第一次看到城外希腊人的营地缩减，平原上敌人的帐篷似乎一夜之间消失不见了。他们喜出望外，一种许久未曾有过的幸福之情涌上心头。他们打开城门，纷纷涌上平原，为希腊人的溃败而欢欣鼓舞。

在城外，特洛伊人看到一件奇怪的东西。一匹巨大的木制战马伫立在平原中心，就如同一尊神像，甚至比他们之前所见过的任何雕像都令人惊奇。这匹木马制作得严丝合缝，从头到脚看不到一丝拼接的痕迹。马背上起码可以容纳一百多人，但没有人能够爬上去。起初，特洛伊人围拢在木马周围，还会感到一丝惊恐。但随后，他们就得出结论——“这是我们的战利品”。

希腊人留下的巨大木马

随后，他们打算将木马搬进城，作为他们战胜希腊人的标志，在公共广场上展出。然而，尼普顿的牧师拉奥孔（Laocoon）在人群中公开反对这个计划。

“不要鲁莽，特洛伊人！”拉奥孔警告他们，“你们和希腊人战斗了十年，应该知道他们不会如此轻易放弃。你们怎么敢保证这不是他们英勇无畏的领袖尤利西斯的阴谋？哪怕是希腊人给我送上礼物，我都要提防着他们。”

拉奥孔一边说着，一边将他的长矛掷向木马的一侧。长矛被弹回，木马发出一个空洞的声音。要不是正好一名被俘虏的希腊人从人群中被拖出来，特洛伊人可能就听取了拉奥孔的意见，将木马就地肢解。

那人自称是希腊人，名叫西侬（Sinon），因为惹恼了尤利西斯而在撤离时被抛弃。他装出一副惊恐万分的表情。特洛伊人被西侬的表演所欺骗，信誓旦旦地向他保证，只要他能说出木马的秘密，他们就不会伤害他。

“这是向密涅瓦的献祭。”西侬解释道，“希腊人故意将木马制造成如此巨大的尺寸，这样你们永远无法将它带到特洛伊的城内。”

西侬的话给特洛伊人吃了定心丸。就在他们商议如何开始移动木马时，一件怪异的事情发生了，这彻底打消了特洛伊人的疑虑。海面上突然出现两条巨蟒，它们高昂着头颅，充血的双眼喷射出愤怒的火焰，嘴里吐着嘶嘶作响的信子，径直冲向海边，直奔拉奥孔和他的两个儿子站立的位置。

巨蟒首先袭击了两名男孩。它们用身体将他们牢牢缠住，然后向他们的脸上喷出剧毒的气息。拉奥孔试图去营救他的儿子们，但是也被巨蟒束缚住了。很快，三个人都被勒死了。随后，巨蟒继续向前滑行，似乎要闯入特洛伊城。

“这是惹怒众神的不祥之兆，因为我们质疑了木马的神圣地位。”特洛伊人说道，“拉奥孔正是因为出言不逊而遭到了惩罚。”

于是，众人再次陷入狂喜和庆祝之中。他们用花环装饰木马，拖着它回城。每个人都全力以赴，直到将木马带到城门之外。由于城门宽度不够，他们决定第二天一早就拓宽城门。特洛伊人振奋地高喊着，各自回到家中，如同得胜而归的军队那样。

当天夜晚，西侬秘密地打开了巧妙设置在木马一侧的暗门。英雄尤利西斯、墨涅拉俄斯国王和一队百里挑一的希腊将军从里面爬了出来。原来，希腊人将木马的身体设计为中空，里面可以容纳一百个人和他们的武器。再加上准备充分的给养，这些人可以安全地在里面待很长时间。趁着特洛伊城还在黑暗中熟睡，希腊人打开了它的城门。希腊军队也乘着夜色悄无声息地折返，穿过平原，破城而入。

拉奥孔的预言和卡珊德拉的忧伤最终得到了证实！希腊士兵如入无人之境，普里阿摩斯国王和他最精干的武士都被杀死，卡珊德拉被俘，整个特洛伊城被付之一炬。

然后，希腊人带着美丽的海伦，起航返回阔别数年之久的国家。海伦也骤然从维纳斯的魔咒中惊醒，并为自己所带来的这些苦难感到悲伤。

特洛伊的辉煌时代一去不复返。特洛伊城的废墟如明亮的珍珠一般，藏身于古老的群山深处，吸引着现代人类去探索和发现。但除了那只给特洛伊带来灭顶之灾，让英雄和曾经辉煌的城堡灰飞烟灭的金苹果的记忆，几乎没有任何其他东西留下。

Chapter

38

独眼巨人库克罗普斯

在攻下伟大的城市特洛伊之后，英雄尤利西斯打算动身回到祖国希腊。在这场旷日持久的特洛伊战争中，他和战士们背井离乡，饱受战乱之苦。

尤利西斯几乎是最后一批动身的。他在特洛伊逗留了数日，向所有希腊人的统帅阿伽门农致敬。他带领着 12 艘战船返航，虽然还是他从希腊带到特洛伊的那 12 艘战船，但每艘战船上只剩下大约 50 人。有接近一半的骁勇英雄们长眠在特洛伊城外的平原，他们或者死于战斗，或者被阿波罗的利斧所砍杀。

尤利西斯率领着船队首先来到色雷斯（Thrace）海岸，在那里他和手下往船上装满了食物、牛和罐装葡萄汁。他们再次出发后不久，海面突然变得波涛汹涌。所幸他们看到了一片平静的沙滩，于是尤利西斯赶紧指挥战船靠岸，以避开巨浪的袭击。到第三天早晨，风暴终于平息了，尤利西斯的船队继续他们的行程。这一次非常顺利。在第十天的时候，他们来到一片长有莲花的土地。那里长出的莲子是一种非常神奇的果实，任何吃了这种莲子的人都不再会想念自己的祖国、家庭或子女。

现在，这片土地上的居民，也就是被希腊船员们称为“食莲者”的人，给了他们一些莲子。这些居民并没有任何恶意，只是希望把最好的东西与客人分享而已。吃了莲子的水手们纷纷表示他们不想继续回到海上航行，但尤利西斯是一个有着大智慧的人，他听说后立即吩咐手下将这些吃了莲子的士兵捆上船，而不顾他们的怨声载道。

海面上风平浪静，船员们只能划桨前行。这样过了好几天后，他们来到独眼巨人库克罗普斯们居住的国家。距离岸边一英里左右有一座非常美丽富饶的小岛，但岛上没有人居住。小岛的岸边有一处天然的避风港，尽头是一条从岩石上飞流直下的小溪，四周长满了伴着风声轻吟浅唱的赤杨树。船员们将船在港口停放妥当，然后在岸上睡去，准备第二天清晨再出发。

尤利西斯是一个骨子里流淌着冒险血液的人，每到一个新的地方，他都会去探索那片土地并了解居住在那里的人。第二天清晨，他命令其中一艘船载着海员驶向陆地。在那里，海滩背靠着一座大山，独眼巨人居住的山洞中升起袅袅的炊烟。和凡人不同，巨人们生活得非常分散。他们是粗鲁和野蛮的民族，每个人都喜欢独来独往，很少考虑邻居们的感受。

紧邻着岸边有一个巨大而深邃的洞穴，洞口被月桂树树篱和糙石垒成的围墙掩蔽，高大的橡树和松树在洞口前洒下阴凉。尤利西斯选了 12 名最勇敢的船员，带领他们去探索当地居民的习性。他斜挎着宝剑，肩上扛着一只盛有葡萄酒的兽皮酒囊。尤利西斯相信，如果遇到凶猛的野兽，这些美酒可能会帮助他摆平它们。

随后，他们进入洞穴，判断出这是一个富有而且经验丰富的牧人居所。洞穴里有一些圈养绵羊和山羊幼崽的兽栏，并且按月龄将它们区分开；还有装满奶酪的篮子和贴着墙摆放的一排牛奶桶，里面装满了牛奶。但洞穴的主人并不在家，而是去了外面的牧场。尤利西斯的同伴恳求他快点离开，但尤利西斯显然不打算这么做。他非常好奇洞穴的主人，也就是那个牧羊人的生活。但他也因此付出了代价！

傍晚时分，独眼巨人回到家中。他是一个起码有 20 英尺高的庞然大物，身后背着一大捆松木原木，那是他用来烧火的木柴。他将这些木柴重重地扔在洞外的地面上，将羊群赶入洞中，然后用一块 20 辆马车可能都拉不动的巨大岩石堵住了洞口。进入洞穴之后，他开始给母羊挤奶。他将一半羊奶用于炼制奶酪，另一半留着饿的时候喝。做完这些之后，他点燃了松木柴火。火光照亮了整个洞穴，也照亮了尤利西斯和他的同伴。

“你们是谁？”独眼巨人喊出声来，“你们是商人还是海盗？”

“我们不是海盗，巨人先生，我们是希腊人，从特洛伊返航的途中路过这里。我们以朱庇特之名恳请您的盛情招待，朱庇特会根据主人好客与否来奖励或惩罚他们。”

“那么，”巨人回答道，“别和我说什么朱庇特或其他的神，我们独眼巨人不吃他们那一套，我们比他们更优秀，也更加强壮。”他不由分说地抓起尤利西斯的两个同伴，连同羊奶一同吞了下去，一点残骸或一块骨头都没有留下。在享受完晚餐之后，巨人躺在他的羊群中睡着了。

尤利西斯本打算就地解决这个独眼巨人，但他清楚，这样做只会给自己的同伴带来无谓的牺牲。那么，怎样才能搬走堵在洞口的大石头？他们一直等到第二天早晨。巨人醒过来抓了另外两个人当早餐，然后准备去牧场放牧。但在他离开洞口的时候，又随手用巨石堵住洞口，就像是弓箭手盖住自己的箭袋一样自然。

一整天，足智多谋的尤利西斯都在思考如何带同伴逃出这里。最后，他计上心来。洞中有一根巨大的绿色橄榄树干，就如同船的桅杆一样粗壮，那是巨人的拐杖。尤利西斯截下和成年人差不多高的一段，用火将其中的一头烤得坚硬，然后教他的同伴正确使用。一切准备就绪之后，他们把这段木头藏了起来。

晚上，巨人回到家，将羊群赶回洞中，堵上门，享受了和之前一样残忍的晚餐。随后，尤利西斯手里拿着装有葡萄美酒的酒囊，给巨人倒了一杯，对他说：“尝一下这个吧，独眼巨人，你已经吃完了晚餐，尝试下我们船上特有的美酒吧。”

“再给我倒一点，”巨人一饮而尽，命令道，“说实话，这真是一种奇特的饮品。我们也有葡萄树，但却没有如此美味的汁液。我不得不承认，可能只有神才有资格享受这种琼浆玉液。”

尤利西斯又给他倒了一些，巨人一饮而尽。尤利西斯倒了三次，巨人痛饮了三次。但巨人想不到自己会喝醉，并昏睡过去。尤利西斯告诉他的同伴，他们逃跑的机会来了，但是需要强大的勇气。

他们将那段橄榄树的树干投入火中，直到它通体变得碧绿。在即将迸发出火焰的时候，他们齐心协力将它刺入独眼巨人的眼中。现在，独眼巨人已经什么也看不见了。

独眼巨人痛苦地跳起来，将棍子甩到一旁，然后大声喊叫起来。居住在山坡上的所有独眼巨人都冲下山来，挤在他的洞口。失明的独眼巨人摸索着推开巨石，来到其他的巨人之中。尤利西斯一时不知道该如何逃出去。

终于，他想到一个可靠的办法。早些时候，独眼巨人将一群高大强壮的公羊赶入了洞中。尤利西斯使用巨人睡觉所铺的柳枝，将他的同伴捆在公羊肚皮下面。尤利西斯躲在一只比其他的公羊更强壮的公羊身下，紧紧地抓住羊毛。然后，他们在洞穴的深处等待黎明的到来。天一亮，公羊们便迫不及待地冲向牧场。巨人坐在洞口，检查每一只公羊的后背，但他没有想到尤利西斯和他的同伴们会藏身在公羊肚皮下。终于，尤利西斯和同伴们成功逃脱。

当他们逃到巨人控制范围之外时，尤利西斯松开了手，然后将他的同伴们放下来。他们飞快地爬上自己的船，拼命划动船桨，一心想尽快逃离这个是非之地。但他们刚划出一百米左右，巨人便听到了他们的声音。于是，他从山头掀起一块大石头，朝着桨声传来的方向扔过去。石头正好落在船头前不远的位置，激起的巨大水花将小船推回岸边。尤利西斯又用一根长长的木杆，将船推离岸边，同时点头示意同伴轻轻地划船。只要他们不出声，独眼巨人就不知道他们的确切位置。聪明的尤利西斯当然能想到这一点。随后，众人将注意力全部集中在划船上。

当他们划出了比之前远两倍的距离时，尤利西斯实在抑制不住内心的狂喜，他从船上站起来，高声喊道："听着，独眼巨人！如果有人问起你，是谁摧毁了你邪恶的力量，你要告诉他们是伊萨卡的勇士尤利西斯。"

独眼巨人听到之后，高举双手，通过意念与所有独眼巨人的父亲——海神尼普顿——传话。“听我说，尼普顿，如果我的确是你的儿子，就让这个尤利西斯永远回不到自己的家乡。如果命运三女神执意要让他回家，那就让他失去同伴，独自一人回去。”

独眼巨人说完这个邪恶的愿望后，朝声音来源处掷下另一块巨大的石头。石头差点就砸中船舵，但所幸失之毫厘。尤利西斯终于和他的同伴成功逃脱，回到那座生活着野山羊的小岛，和等待在那里的其他船员会合。等待的船员早已望眼欲穿，他们终日惴惴不安，生怕尤利西斯他们遭遇不测。最终，一群人顺利地回到了希腊。

Appendix

I

重要人名对照表

Achelous	阿刻罗俄斯
Achilles	阿喀琉斯
Acrisius	阿克里西俄斯
Admetus	阿德墨托斯
Aegeus	埃勾斯
Aeneus	俄纽斯
Aeson	埃宋
Aesculapius	埃斯科拉庇俄斯
Agamemnon	阿伽门农
Alcestis	阿尔刻提斯
Alpheus	阿尔斐俄斯

Andromeda	安德洛墨达
Antaeus	安泰俄斯
Aphrodite	阿佛洛狄特
Apollo	阿波罗
Arachne	阿拉克涅
Arcas	阿尔卡斯
Arethusa	阿瑞塞莎
Argo	阿尔戈
Argonauts	阿尔戈英雄
Argus	阿尔戈斯
Ariadne	阿里阿德涅
Aristaeus	阿里斯泰俄斯
Atalanta	亚特兰大
Atlas	阿特拉斯
Augeas	奥吉亚斯
Aurora	奥罗拉
Bacchus	巴克斯
Battus	巴图斯
Baucis	博西斯

Bellerophon	柏勒罗丰
Boreas	玻瑞阿斯
Cadmus	卡德摩斯
Callisto	卡利斯托
Cassandra	卡珊德拉
Cassiopeia	卡西奥佩娅
Celeus	塞勒乌斯
Cerberus	刻耳柏洛斯
Ceres	刻瑞斯
Charon	卡戎
Chimaera	奇美拉
Circe	喀耳刻
Cold	寒冷之神
Cupid	丘比特
Cyclopes	库克罗普斯
Cycnus	库克诺斯
Cyrene	昔兰尼
Daedalous	代达罗斯
Danae	达娜厄

Daphne	达芙妮
Dejanira	得伊阿尼拉
Diana	戴安娜
Discord	不和女神
Dryades	德律阿得斯
Electra	厄勒克特拉
Enceladus	恩克拉多斯
Ephialtes	埃菲阿尔特斯
Epictetus	埃皮克提图
Epimetheus	厄庇墨透斯
Eris	厄里斯
Erisichthon	埃律西克通
Europa	欧罗巴
Eurydice	欧律狄刻
Eurystheus	欧律斯透斯
Famine	饥饿之神
Fates	命运三女神
Fear	恐惧之神
Furies	复仇三女神

Gaea	该亚
Galatea	嘉拉迪雅
Ganymede	伽倪墨得斯
Glaucus	格劳库斯
Gordias	戈尔迪
Graces	美惠三女神
Guido Reni	圭多·雷尼
Halcyone	哈尔西欧尼
Harpies	哈比
Hebe	赫柏
Hecate	赫卡特
Hector	赫克托尔
Helen	海伦
Helios	赫利俄斯
Hercules	赫拉克勒斯
Hesperides	赫斯帕里得斯
Hesperus	赫斯珀洛斯
Hippomenes	希波墨涅斯
Homer	荷马

Hunger	饥饿女神
Hyacinthus	雅辛托斯
Hydra	海德拉
Hymen	许门
Icarus	伊卡洛斯
Io	艾奥
Iobates	伊奥巴忒斯
Iris	伊里斯
Jason	伊阿宋
Juno	朱诺
Jupiter	朱庇特
Laocoon	拉奥孔
Latona	拉托娜
Mars	玛尔斯
Medea	美狄亚
Medusa	美杜莎
Melampos	墨兰波斯
Memory	谟涅摩绪涅
Menelaus	墨涅拉俄斯

Mercury	墨丘利
Merope	美罗珀
Midas	弥达斯
Minerva	密涅瓦
Minos	迈诺斯
Minotaur	弥诺陶洛斯
Momus	莫墨斯
Morpheus	摩耳甫斯
Muses	缪斯
Neptune	尼普顿
Nereids	涅瑞伊得斯
Nestor	涅斯托耳
Nymphs	宁芙
Oceanus	俄刻阿诺斯
Orion	俄里翁
Orpheus	俄耳甫斯
Otus	俄托斯
Ovid	奥维德
Pallas Athene	帕拉斯·雅典娜

Pan	潘
Pandora	潘多拉
Paris	帕里斯
Patroclus	普特洛克勒斯
Pegasus	珀加索斯
Peleus	珀琉斯
Pelias	珀利阿斯
Penelope	佩内洛普
Peneus	佩纽斯
Perseus	珀尔修斯
Pgymy	俾格米
Phaeton	法厄同
Philemon	腓利门
Phineas	菲尼亚斯
Pleasure	欢愉之神
Pleiades	普利俄阿德斯
Plenty	丰收女神
Pluto	普鲁托
Polydectes	波里德克特斯

Pomona	波摩娜
Priam	普里阿摩斯
Prometheus	普罗米修斯
Proserpine	普洛塞尔皮娜
Proteus	普罗透斯
Psyche	普赛克
Pygmalion	皮格马利翁
Python	皮同
Satyrs	萨缇
Seasons	四季之神
Scylla	斯库拉
Shuddering	战栗
Sinon	西侬
Sintians	新提亚人
Sirius	西里亚斯
Somnus	索莫纳斯
Telemachus	特勒玛科斯
Tellus	特勒斯
Terminus	忒尔弥努斯

Theseus	提修斯
Thetis	西蒂斯
Titans	泰坦
Tityus	提提俄斯
Tmolus	特摩罗斯
Triton	特里同
Trojans	特洛伊人
Ulysses	尤利西斯
Venus	维纳斯
Vertumnus	维尔廷努斯
Virgil	维吉尔
Virture	美德之神
Vulcan	伏尔甘
Zephyrs	泽费罗斯

Appendix

II

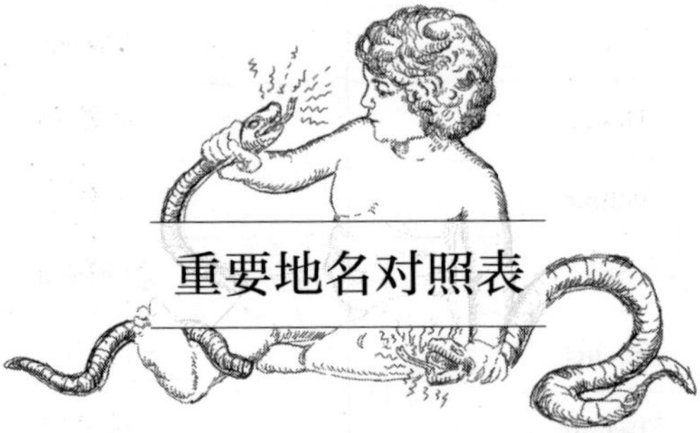

重要地名对照表

Acropolis	阿克罗波利斯
Aetna	埃特纳
Alpheus	阿尔斐俄斯河
Arcadia	阿卡狄亚
Argos	阿哥斯
Mount Atlas	阿特拉斯山
Attica	阿提卡
Colchis	科尔基斯
Corinth	科林斯
Crete	克里特岛
Cyane	塞恩河

Cyprus	塞浦路斯
Delos	提洛岛
Delphi	特尔斐
Elis	伊利斯
Enna	恩纳
Ethiopia	埃塞俄比亚
Ida	艾达
Ionian	爱奥尼亚
Ithaca	伊萨卡
Lemnos	利姆诺斯岛
Lethe	遗忘河
Lycia	利西亚
Maeander	迈安德河
Mars Hill	玛尔斯山
Mosychlos	摩西克罗斯
Nemea	尼米亚
Olympia	奥林匹亚
Ossa	奥萨山
Pactolus	帕克托洛斯河

Parnassus	帕纳塞斯
Parthenon	帕台农
Pelion	珀利翁山
Peneus	佩纽斯河
Phrygia	弗里吉亚
Pylos	皮勒斯
Samos	萨摩斯岛
Scythia	塞西亚
Seriphus	塞里福斯
Sicily	西西里岛
Sparta	斯巴达
Styx	冥河
Terminalia	特米那利亚
Thebes	底比斯
Thessaly	塞萨利
Thrace	色雷斯
Trachine	特拉齐恩
Troezen	特罗曾